書下ろし

破れ傘

素浪人稼業⑥

藤井邦夫

祥伝社文庫

目次

入谷鬼子母神
根岸
湯島天神
下谷広小路
瑞宝寺
今戸
新島越町
浅草寺
広小路
東本願寺
向島
花川戸
駒形鰻
蔵前
池之端
口入屋「萬屋」
お地蔵長屋
神田川
岡部藩上屋敷
駿河台小川町高遠藩上屋敷
昌平橋
日本橋小舟町
柳橋
隅田川
江戸城
岡部藩下屋敷
深川
八丁堀
南町奉行所
増上寺
高輪
北
西
東
南

「破れ傘 素浪人稼業」の舞台

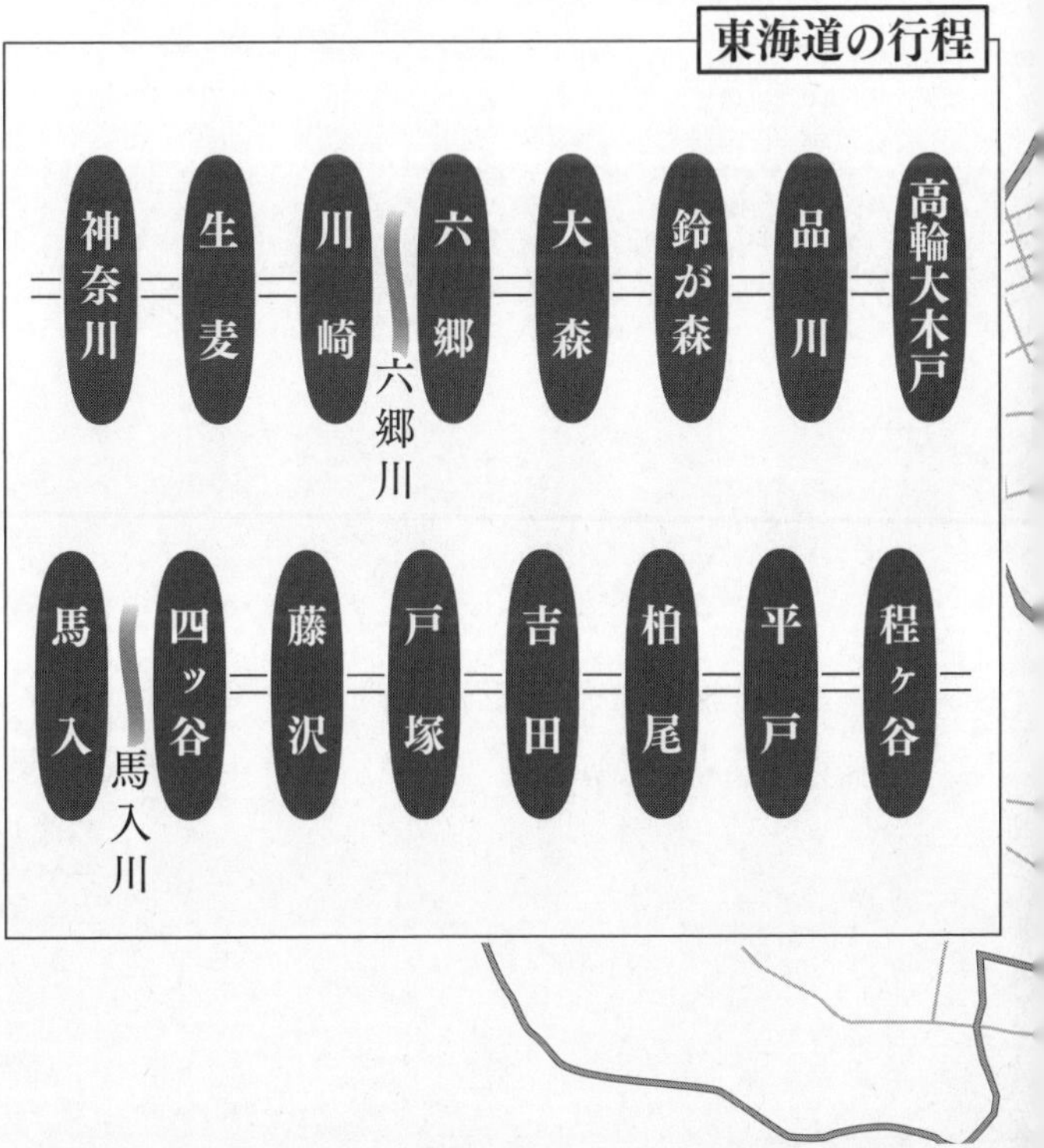

第一話　破れ傘

一

古地蔵の目鼻は風雨に晒《さら》されて磨《す》り減り、頭は撫《な》でられ続けて光り輝いていた。

神田明神下《かんだみょうじんした》のお地蔵長屋の井戸端は、洗濯をするおかみさんと駆《か》けずり廻る子供たちで賑《にぎ》わっていた。


雨戸を閉めた部屋は薄暗く、隙間《すきま》から差し込む斜光には埃《ほこり》が渦巻いていた。

矢吹平八郎《やぶきへいはちろう》は、粗末な蒲団《ふとん》を頭から被って酒臭い鼾《いびき》をかいていた。前夜、平八郎は『撃剣館《げきけんかん》』の道場仲間と稽古《けいこ》の後に酒を飲み、剣談で大いに盛り上がった。『撃剣館』は、岡田十松《おかだじゅうまつ》が駿河台小川町《するがだいおがわ》に看板を掲げている神道無念流《しんとうむねん》の剣術道場であり、平八郎は高弟の一人だった。

時が過ぎ、おかみさんたちの洗濯も終わり、井戸端は静かになった。

平八郎は静けさに眼を覚《さ》ました。

おかみさんと子供たちが賑やかな時は、長屋に不審な者が現れたり、異常な出来事が起きたりはしていない。

平八郎は騒がしさに包まれて眠り、静かになると眼を覚ました。

井戸水は酔いの滲《にじ》んだ身体に冷たかった。

平八郎は、下帯一本になって井戸端で水を被った。水は鋼のような身体に弾《はじ》け飛び、飛沫《ひまつ》となって煌《きら》めいた。

平八郎は顔と歯を洗い、出掛ける仕度《したく》をした。そして、木戸の古地蔵に手を合わせ、光り輝く頭をさっとひと撫でして長屋を出た。


明神下の通りは、明るい日差しに溢《あふ》れていた。

平八郎は懐《ふところ》を探った。懐には数枚の文銭があるだけだ。

働かなければ、朝飯も食えない……。

平八郎は、明るい通りを口入屋に向かうしかなかった。

口入屋『萬屋《よろずや》』の暖簾《のれん》は風に揺れていた。

平八郎は、『萬屋』の店内を窺《うかが》った。人足仕事など朝の周旋《しゅうせん》が終わった店内に人《ひと》気《け》はなく、主の万吉《まんきち》が狸面《たぬきづら》で笑っていた。

平八郎は、思わず釣られて笑った。万吉は手招きをした。平八郎は、吸い込まれるように『萬屋』に入った。

「待っていましたよ」

万吉は愛想良く微笑み、平八郎に出涸《でが》らし茶を差し出した。

危ない仕事……。

平八郎の勘が囁《ささや》いた。

万吉が愛想良く茶を出す時は、平八郎の剣の腕を当てにした仕事に決まっている。

だが、金のない今、たとえ危ない仕事でも万吉の話に乗るしかない。

「何かいい仕事、あるのですか」

平八郎は、覚悟を決めて出涸らし茶をすすった。

「そりゃあもう。一日二朱ですよ」

万吉は誘うように囁いた。

「そりゃあ凄い」

平八郎は眼を剝《む》いた。一朱は一両の十六分の一だ。一日二朱ならば八日で一両になる。口入屋の仕事の給金としては破格のものだ。それだけに危険を伴う仕事が多い。

「どうです。やりますか……」

万吉は、平八郎の顔を覗《のぞ》きこんだ。どうやら、仕事は急ぎで危ないものであり、早く平八郎に引き受けて貰《もら》いたいと願っている。

平八郎は、万吉の腹の内を読んだ。

「やるって、何をやるんですか」

平八郎は苦笑した。

「それなんですがね。若い母親と赤ん坊のお世話だそうですよ」

「若い母親と赤ん坊の世話……」

平八郎は戸惑《とまど》いを浮かべた。

「母親と赤ん坊の世話なら女の方がいいじゃありませんか」

「平八郎さん、そこが一日二朱の割のいい仕事。きっと深い訳があるんですよ」

万吉は、眉《まゆ》を寄せてもっともらしく頷《うなず》いた。

「成る程、そりゃあそうだ……」

平八郎は、万吉の睨《にら》みに感心した。同時に腹の虫が鳴いた。

朝から何も食べていない……。

平八郎は思い出した。

万吉は、平八郎に隠れて狡猾《こうかつ》な笑みを浮かべた。

「そうだ平八郎さん、良かったら食べますか」

万吉は狡猾な笑みを隠し、皿に載せた大福餅を満を持して取り出した。

平八郎の意思とは裏腹に腹の虫は鳴き続けた。

「さあ、どうぞ」

「いいのか……」

平八郎は、腹の虫を鳴かせながら万吉を窺った。

「そりゃあもう……」

「戴《いただ》く」

平八郎は覚悟を決めて、大福餅を手に取った。

万吉は、獲物《えもの》を仕留めた猟師のように嬉《うれ》しげに笑った。


大川《おお》の流れは、初夏の日差しに明るく輝いていた。

昼下がり、浅草駒形《あさくさこまがた》町の老舗《しにせ》鰻《うなぎ》屋『駒形鰻《こまがたうなぎ》』の暖簾は、大川から吹き抜ける微風に揺れていた。

「それで、どんな仕事なんですかい」

岡っ引の伊佐吉《いさきち》は、平八郎の猪口《ちょこ》に酒を満たした。

「かたじけない。で、その仕事なのだが、若い母親と赤ん坊の世話だそうだ」

「若い母親と赤ん坊の世話……」

伊佐吉の手先の長次《ちょうじ》は眉をひそめ、手酌で酒を飲んだ。

「うん……」

平八郎は、苦笑しながら酒を飲んだ。

「平八郎さん、出来るんですか、若い母親と赤ん坊のお世話なんて……」

伊佐吉は、平八郎に疑わしげな眼を向けた。

「俺もそいつを心配したんだが、萬屋は大丈夫だと云うんだよ」

平八郎は手酌で酒を飲んだ。

「それで、暮六つ（午後六時）に池之端《いけのはた》の料亭松風《まつかぜ》ですか」

長次は、平八郎の猪口に酒を満たしながら尋《たず》ねた。

「うん。雇い主が若い母親と赤ん坊を連れて来るそうだ」

「何者なんですかね、雇い主……」

伊佐吉は眉をひそめた。

「さあな……」

平八郎は首を捻《ひね》った。

「勿体《もったい》つけるんですねえ。萬屋の旦那」

長次は苦笑した。

「うん……」

平八郎は酒を飲み干した。万吉から給金の一朱を前借りした手前、最早《もはや》断る事は出来なかった。

「おまちどおさま」

伊佐吉の母親で『駒形鰻』の女将《おかみ》のおとよが、小女《こおんな》のおかよと一緒に鰻の蒲焼と新しい酒を持って来た。伊佐吉の部屋に鰻の蒲焼の匂いが一気に満ちた。

「こりゃあ、美味《うま》そうな匂いだ」

平八郎は、涎《よだれ》を垂らさんばかりに顔をほころばせた。

暮六つ、不忍池《しのばずいけ》は夕陽に染まった。

料亭『松風』は火入行燈《ひいれあんどん》を灯《とも》していた。

平八郎は、池の畔《ほとり》の道から料亭『松風』の前庭に入った。

暗がりに冷たい風が揺れた。

微《かす》かな殺気……。

平八郎は、前庭の暗がりから放たれた微かな殺気を敏感に察知した。だが、微かな殺気を放った者に動く気配はなかった。

平八郎は、料亭『松風』の暖簾を潜《くぐ》った。

料亭『松風』には三味線《しゃみせん》の爪弾《つまび》きが流れていた。

平八郎は座敷に案内された。

座敷には白髪頭の老武士と万吉がいた。

「遅いじゃありませんか……」

万吉は眉をひそめた。

「それは申し訳ない」

平八郎は、座りながら襖《ふすま》の閉められている次の間を一瞥《いちべつ》した。

「良いではないか、万吉」

白髪頭の老武士が苦笑した。

「は、はい。平岡《ひらおか》さま、こちらが矢吹平八郎さんにございます」

「うむ。矢吹どの、私は平岡主膳《しゅぜん》と申す」

平岡は白髪頭を僅《わず》かに下げた。だが、身分を明かさなかった。

「矢吹平八郎です」

平八郎は平岡に挨拶《あいさつ》をした。

「先《ま》ずは一献《いっこん》……」

平岡は、平八郎に徳利を差し出した。

「頂戴します」

平八郎は、平岡の酌を受けて飲み干した。

「どうぞ……」

平八郎は徳利を手にした。

「かたじけない……」

平八郎は、平岡の 盃《さかずき》に酒を満たした。平岡は酒をすすり、盃を膳に置いた。

「矢吹どのは、神道無念流の使い手だと聞きましたが……」

「岡田十松先生の撃剣館で修行しております」

平八郎は、盃を置いて姿勢を正した。

「左様か……」

「はい。ところで次の間においでになる方を紹介していただけませんか」

平八郎は、次の間に微笑み掛けた。

「これは御無礼致した。万吉……」

平岡は苦笑した。

「はい」

万吉は、次の間の襖を開けた。

質素な着物を着た若い武家の女が、眠っている赤ん坊を抱いていた。

「入られよ、千絵《ちえ》どの」

「はい」

千絵と呼ばれた武家の女は、赤ん坊を抱いたまま座敷に入って平岡の脇に控《ひか》えた。

「如何《いかが》かな」

平岡は千絵に尋ねた。

「よしなに……」

千絵は頷いた。

「うむ。ならば矢吹どの、今夜から千絵どのの夫、徳松《とくまつ》の父親になっていただこう」

平岡は告《つ》げた。

「夫で父親……」

平八郎は、意外な話に驚いた。

「勿論、偽《いつわ》りの夫で父親。形ばかりの事だ」

平岡は何故か慌てた。

「はあ、それはもう……」

平八郎は苦笑した。

「そして、妻の千絵どのと一人息子の徳松を護《まも》っていただきたい」

「護る……」

平八郎は眉をひそめた。

「左様。何があってもな」

平岡は、平八郎を見据えて告げた。

「何から護るのですか」

平八郎は厳しく見返した。

平岡は白髪眉を曇《くも》らせ、小さな吐息を洩《も》らした。

「おぬしの人柄と剣の腕を見込んでの依頼。これ以上、何も聞かずに引き受けていただきたい」

平岡は白髪頭を下げた。

「矢吹さま、私からもお願いします」

千絵は、不安げに平八郎を見つめた。

「はあ……」

平八郎は困惑した。

「平八郎さん……」

万吉が咎《とが》めるように平八郎を睨《にら》んだ。

「う、うん……」

平八郎は迷い、躊躇《ためら》った。

その時、徳松と云う名の一歳ほどの赤ん坊が、千絵の腕の中で眼を覚まして小さな声をあげた。

「おお、眼が覚めましたか……」

千絵はあやした。徳松は、怪訝《けげん》に辺《あた》りを見廻した。そして、平八郎に眼を留め、物珍しそうに見つめて笑った。

平八郎は釣られ、思わず笑った。

「分かりました。千絵どのと赤ん坊、護りましょう」

平八郎は引き受けた。

料亭『松風』の前に町駕籠《かご》が着いた。

徳松を抱いた千絵が町駕籠に乗り、平八郎は駕籠脇に付いた。そして、提灯《ちょうちん》を持った万吉の先導で『松風』を出た。

平岡主膳は、深々と頭を下げて見送った。

万吉に先導された町駕籠は、平八郎を従えて不忍池の畔に去った。


不忍池の畔に出た町駕籠は、下谷広小路《したやひろこうじ》に向かった。

平八郎は、歩きながら暗がりを一瞥した。下っ引の亀吉《かめきち》が暗がりから現れ、平八郎たちを追った。万吉は、下谷広小路から山下《やました》に千絵の乗った町駕籠を誘《いざな》った。

平八郎は、油断なく辺りを警戒しながら駕籠脇を進んだ。


千絵と徳松を見送った平岡主膳は、懐から頭巾《ずきん》を取り出して被った。

暗がりから二人の武士が現れた。

「不審な者は来なかったな」

平岡は、厳しい声音で尋ねた。

「はい……」

二人の武士は頷いた。

「うむ」

平岡は、二人の武士を従えて湯島天神《ゆしまてんじん》裏門坂道に向かった。

物陰から長次が現れ、平岡主膳と二人の武士を尾行した。

平八郎は、伊佐吉や長次と相談し、雇い主の正体と一日二朱の仕事に潜《ひそ》むものを突き止めようと企《くわだ》てた。

長次は、暗がり伝いに平岡たちを尾行した。


下谷広小路から山下を抜け、上野寛永寺《うえのかんえいじ》の東側を進むと入谷《いりや》になる。

万吉は、千絵と徳松の乗った町駕籠と平八郎を先導し、入谷鬼子母神《きしもじん》の前を進んだ。そして、鬼子母神の隣にある瑞宝寺《ずいほう》の境内《けいだい》に入った。

「ここでいい」

万吉は町駕籠を止めた。

平八郎は境内を窺った。狭い境内に不審なところはなかった。千絵は、徳松を抱いて町駕籠を降りた。万吉は駕籠舁《かき》に酒手《さかて》を弾んだ。

「旦那、こいつはどうも……」

駕籠舁は嬉しげに笑った。

「うん。そいつで酒でも飲んで忘れてくれ」

万吉は、狸面に笑みを浮かべて町駕籠を帰した。

「さあ、こちらに……」

万吉は、徳松を抱いた千絵と平八郎を庫裏《くり》の裏手に案内した。

庫裏の裏手には小さな家作があった。

万吉は家作に入り、行燈に火を灯した。家作は土間と囲炉裏《いろり》の切られた板の間。そして、八畳の座敷があった。

「瑞宝寺の御住職たちには、浪人の矢吹平八郎と妻の千絵、そして子供の徳松と話してありますので何分よろしく……」

万吉は狸面で告げた。

「はい」

千絵は頷いた。

平八郎は家の中を見廻した。板の間と土間に米や味噌《みそ》、醬油《しょうゆ》、そして、野菜などが用意されていた。おそらく、家や米、醬油の何もかもを万吉が用意したのだ。

「それでは平八郎さん、千絵さまと徳松さまをしっかりお護りして下さい。お願いしましたよ」

「うむ……」

「では千絵さま、手前はこれで失礼致します」

「万吉さん、いろいろ御造作をお掛け致しました。お礼を申しあげます」

千絵は、万吉に丁寧に礼を述べた。

「いいえ。お役に立てて何よりでした。では、御免下さい」

平八郎は、外に出て帰って行く万吉を見送った。木立の陰から亀吉が現れた。

「平八郎の旦那……」

「妙な奴はいないか」

「ええ、今のところは。今晩、寝ずの番をしてみますよ」

「頼む」

「じゃあ……」

亀吉は木立に潜んだ。

平八郎は辺りを見廻り、不審がないのを確かめて家作に戻った。

千絵は、座敷で徳松を寝かしつけていた。

平八郎は、囲炉裏に火を熾《おこ》して鉄瓶を掛けた。濡れた鉄瓶の底が火に炙《あぶ》られ、微かな音を鳴らした。

千絵は、眠った徳松に蒲団を掛け、汚れたおむつを持って土間に降り、盥《たらい》に水を汲《く》んで洗い始めた。

平八郎は、急須と湯呑茶碗、そして茶筒を見つけ、茶を淹《い》れる仕度をした。

鉄瓶の湯が沸いた。

「千絵さん、茶を淹れましたよ」

平八郎は、おむつを洗い終わった千絵を呼んだ。

「それはそれは……」

千絵は、濡れた手を手拭《てぬぐい》で拭い、土間から板の間にあがってきた。

囲炉裏端に置かれた茶から湯気が揺らめいていた。

「良い香り……」

千絵は囲炉裏端に座った。

「萬屋が用意してくれた茶にしては上等です」

平八郎は苦笑した。

「いただきます」

千絵は、落ち着いた様子で茶を飲んだ。

「ほんと、美味《おい》しい……」

千絵は微笑んだ。美しい微笑みだった。

「それは良かった」

平八郎はぎこちない返事をした。

千絵は苦笑した。

「どうかしましたか」

平八郎は戸惑いを浮かべた。

「矢吹さま、妻にさん付けはおかしいです。千絵とお呼び下さい」

「そうか。そうですね」

「私もこれからはお前さまとお呼び致します」

「心得ました」

平八郎は茶を飲んだ。

千絵は湯呑茶碗を囲炉裏端に置き、平八郎に対して姿勢を正した。

「徳松と私をどうかよろしくお願い致します」

千絵は深々と頭を下げた。

「出来るだけの事はします」

千絵と徳松は何を背負っているのだ……。

平八郎は、事情を問い質《ただ》したい衝動に駆《か》られた。

焦るな……。

平八郎は己《おのれ》を抑えた。

囲炉裏で燃える薪《まき》が爆《は》ぜ、火の粉が飛んだ。


湯島天神裏門坂道を抜け、明神下の通りを行くと神田川に出る。

平岡主膳と二人の武士は、神田川に架《か》かる昌平《しょうへい》橋を渡って武家屋敷街に入った。

長次は慎重に尾行を続けた。

平岡たちは、備中福山《びっちゅうふくやま》藩阿部《あべ》家の上屋敷の傍《かたわら》を抜け、観音《かんのん》坂から胸突《むなつき》坂を進んで大きな屋敷の長屋門の潜り戸に入った。

長次は見届けた。

屋敷の長屋門は大名家のものだった。

「大名の屋敷か……」

平岡主膳と二人の武士は、大名家の家来と見て間違いはない。それは、平八郎の引き受けた仕事が大名絡みのものだという証《あかし》だ。

龕灯《がんどう》の明かりが夜の闇に現れ、ゆっくりと近づいて来た。

辻番の見廻りだ。

辻番とは、町方の自身番のようなものであり、大名家や旗本が数家集まって出している。見廻りの辻番士はおそらく大名家の者たちだ。

見咎められては面倒だ……。

長次は、暗がり伝いにその場を離れた。


入谷・瑞宝寺の裏手の家作は静けさに包まれていた。

囲炉裏の火は小さく燃えていた。

平八郎は、囲炉裏端に敷いた蒲団に身を横たえ、外の気配を窺っていた。外には、木々の梢《こずえ》が微風に揺れる気配がするだけで、不審なものは感じられなかった。

平八郎は、千絵と徳松を座敷に寝かせた。

千絵は、自分の身と徳松の安全を平八郎に任せたのか、寝息を立てて深い眠りに落ちていた。

平八郎は、隠れ暮らさなければならない千絵と徳松を哀れんだ。

囲炉裏の火はか細く燃え続けた。

二

夜明けの明るさが雨戸の隙間から差し込んだ。

平八郎は眠りから覚めた。

「お目覚めですか……」

座敷から千絵の声がした。

「ええ……」

千絵が襖を開け、徳松を抱いて出て来た。

「お早うございます」

「眠れましたか……」

「お蔭さまで久し振りに良く眠りました」

「そいつは良かった」

千絵は、徳松を囲炉裏端に寝かせた。

「それでは朝餉《あさげ》の仕度をします」

「うん……」

千絵は前掛けをしながら土間に降り、竈に火を熾して朝飯の仕度を始めた。

平八郎は、蒲団を片付けて雨戸を開けた。

板の間に朝陽が溢れた。

平八郎は、瑞宝寺の裏手に当たる庭を見廻した。木立の陰から亀吉が顔を見せた。

亀吉が顔を見せたところを見ると、不審な事はなかったのだ。

平八郎は頷いてみせた。

亀吉は見届け、立ち去って行った。

徳松は楽しげに笑い、小さな手足を動かした。

「ご機嫌《きげん》だな、徳松……」

平八郎は、徳松を抱き上げてあやした。徳松は、平八郎の顔を見て機嫌良く笑った。

「おお、良い子だ。良い子だ」

徳松は、人見知りをしない赤ん坊だった。

「あらあら、徳松、抱っこして貰っているの」

千絵は微笑み、竈に釜を掛けて味噌汁を作り始めた。平八郎は、徳松を抱いて外に出た。

瑞宝寺の庫裏から小坊主がやって来た。

「千絵……」

平八郎は千絵を呼んだ。

「はい……」

千絵は、前掛けで濡れた手を拭いながら外に出て来た。

「お早うございます」

小坊主は、明るい笑顔で平八郎と千絵に挨拶をした。

「お早うございます」

平八郎と千絵は応じた。

「瑞宝寺の良泉《りようせん》です」

「私は矢吹平八郎。これなるは妻の千絵。倅《せがれ》の徳松です」

平八郎は、千絵と徳松を紹介した。

「昨夜、越して来たもので、挨拶が遅れてしまいました。後程、ご住職にご挨拶に伺います」

「いいえ。そのような事は御懸念なく。それより、何か不足な物があれば、遠慮《えんりよ》なく仰《おつしや》って下さい」

「それはかたじけない……」

平八郎は千絵を窺った。

「今のところ、大丈夫にございます」

千絵は笑顔で告げた。

家作から味噌汁の匂いが漂って来た。

「あっ、失礼致します」

千絵は家作に戻った。

「お忙しい時にお邪魔しました。では、私もこれで……」

良泉は、一礼して庫裏に戻って行った。

『萬屋』の万吉が、何をどう説明したのか分からないが、瑞宝寺の者たちは好意的なようだった。

徳松がむずかり始めた。

「おう。どうした、どうした……」

平八郎は徳松をあやした。しかし、徳松は、むずかり続けて泣き始めた。平八郎は、徳松の尻を探った。尻が濡れていた。

「こりゃあ大変だ」

平八郎は、徳松を抱いて家作に戻った。

日差しは強くなり、木洩れ日が揺れた。


駿河台小川町の切絵図が広げられた。

「ここですぜ」

長次は、平岡主膳と二人の武士が入った大名屋敷を指差した。

切絵図には、『堀田伊豆守《ほったいずのかみ》』の名と家紋が書き記《しる》されていた。

「堀田伊豆守……」

伊佐吉は、切絵図に書かれた名を読んだ。

「何処の国の大名ですかね」

「よし。そいつは俺が高村《たかむら》の旦那に聞いてみるぜ」

〝高村の旦那〟とは、伊佐吉に手札を渡している南町奉行所定町廻り同心の高村源吾《げんご》だ。

「はい。じゃあ、あっしは昨夜の侍を調べてみます」

伊佐吉と長次は、それぞれのやる事を決めた。

「只今、戻りました」

亀吉が、瑞宝寺から戻って来た。

「どうだった」

「はい。一晩中、何事もなく……」

「そうか」

「平八郎さんの様子はどうだ」

「そいつが、平八郎さんと若い母親、中々お似合いですよ」

「ほう、そいつは一度、見てみたいもんだな」

伊佐吉は笑った。

「じゃあ亀吉、俺たちはちょいと出掛ける。お前は眠っておきな」

「はい」

伊佐吉と長次は、亀吉を残して出掛けて行った。

庭先には徳松のおむつが干され、日差しに眩《まぶ》しく揺れていた。

平八郎は、瑞宝寺の住職・良然《りょうねん》に挨拶をして『萬屋』の万吉との関わりを探った。

良然は元は武士のようであり、万吉とは古い付き合いと思えた。

平八郎は、良然に挨拶をした後、瑞宝寺の境内と周囲を窺った。境内と周囲に不審な者はおらず、異常と思える事もなかった。

平八郎は、庫裏の裏手の家作に戻った。

家作の縁側では、千絵が徳松を膝に抱いてあやしていた。

「ご住職に挨拶をして辺りを見廻って来たが、別に変わった様子はない」

「そうですか……」

千絵は微笑んだ。

徳松は、声をあげて平八郎に小さな手を伸ばした。

「おお、来るか……」

平八郎は徳松を抱き上げた。徳松は声をあげて嬉しげに笑った。

干されたおむつが眩しく揺れていた。

外濠《そとぼり》に小波《さざなみ》が煌《きら》めいた。

数寄屋橋《すきやばし》御門を渡ると南町奉行所があった。

伊佐吉は、南町奉行所の門内の腰掛で定町廻り同心の高村源吾を待っていた。

同心詰所から高村源吾が出て来た。

伊佐吉は、腰掛から立ち上がって待った。

「よし田屋《だや》に行こう」

高村は、伊佐吉を外濠に架かる数寄屋橋御門を出た処にある蕎麦《そば》屋に誘った。

「はい。お供します」

伊佐吉は、高村に続いて南町奉行所を後にし、数寄屋橋御門を渡った。

老舗蕎麦屋の『よし田屋』は、蕎麦は勿論だが湯豆腐も美味い店だ。

高村と伊佐吉は、入れ込みにあがり蕎麦を頼んだ。

「分かったぞ」

「ご造作をお掛けします」

「なあに、どうって事はねえ。堀田伊豆守は、駿河国岡部《おかべ》藩八万石の藩主でな。駿河台の屋敷は江戸上屋敷だ」

高村は、大名武鑑で調べた事を伊佐吉に告げた。

「岡部藩八万石の江戸上屋敷ですか」

「ああ。殿さまの伊豆守さんは今、参勤交代で国許にいて、もうじき江戸に来るそうだ」

「じゃあ、今、江戸上屋敷にいるのは……」

「奥方と姫さま、それに江戸家老と留守居役たち家来だ」

「そうですか……」

平八郎が引き受けた仕事には、駿河国岡部藩八万石が絡んでいる。

「旦那、その岡部藩に何か揉《も》め事でもあるんですかね」

伊佐吉は思いを巡らせた。おそらく、平八郎が世話をしている若い母親と赤ん坊は、岡部藩に関わりがあるのだ。

「そいつは分からないが、平八郎の旦那も面倒な仕事を引き受けたもんだな」

高村は苦笑した。

「お気の毒に、背に腹はかえられぬって奴ですか……」

伊佐吉は平八郎に同情した。

「三十俵二人の僅《わず》かな扶持《ふち》でもないよりましか……」

高村は、三十俵二人扶持の同心である己と比較した。

「そりゃあもう……」

伊佐吉は頷いた。

「お待たせしました」

小女が蕎麦を持って来た。

「よし、ちょいと調べてみるか……」

高村は、威勢良く蕎麦をすすった。

「相手はお大名、よろしいんですか」

伊佐吉は、町奉行所同心の高村の立場を心配した。

「なあに心配は無用だ」

高村は笑った。


駿河国岡部藩江戸上屋敷は表門を閉めていた。

長次は隣の屋敷の中間《ちゅうげん》に金を握らせ、岡部藩の江戸上屋敷だと突き止めた。そして、料亭『松風』で平八郎と逢った武士が誰かを探った。そして、その人相風体から岡部藩江戸留守居役平岡主膳の名が浮かんだ。

昼を過ぎた頃、平岡主膳が一人の武士を従えて出て来た。長次は物陰から見守った。平岡は武士を供に表猿楽町《おもてさるがくちょう》を抜け、表神保小路《おもてじんぼうこうじ》を進んで堀留に架かる俎板橋《まないたばし》を渡った。そして、飯田町《いいだまち》の傍を通って九段《くだん》坂を進み、内堀近くの武家屋敷を訪れた。

長次は見届け、武家屋敷の主が誰かを調べた。

武家屋敷の主は、旗本三千石で大目付の吉沢監物《よしざわけんもつ》だった。

平岡は大目付に逢いに来た……。

大目付は、老中支配下で諸大名の監察を役目としていた。大名家の江戸留守居役は、公儀との折衝《せっしょう》が主なる役目だ。大目付を訪れても何の不思議もない。

長次は物陰に潜《ひそ》み、平岡が出て来るのを待った。僅かな時が過ぎ、四人の武士がやって来て吉沢屋敷を見張り始めた。

長次は驚き、戸惑った。

四人の武士は、何を狙って吉沢屋敷を見張るのか……。

狙いは平岡主膳なのかも知れない。

長次は、言い知れぬ緊張を覚えた。


入谷鬼子母神の境内には木洩れ日が揺れていた。

鬼子母神は大勢の子を産んだが、他人の子を奪って食した。仏は鬼子母神の最愛の末子を隠して戒《いまし》めた。以来、鬼子母神は安産や育児などの祈願を叶《かな》える護法神となったとされている。

千絵は鬼子母神に手を合わせ、徳松の無事な成長を祈った。

平八郎は徳松を抱き、千絵の背後で片手拝みをした。

「いつか御参りしたいと願っていました。ありがとうございます」

千絵は晴れやかに笑った。

「願いが叶って何よりです」

「徳松を……」

「大丈夫です。どうです、少し散歩をしていきますか」

平八郎は、千絵を散歩に誘った。

「いいのですか」

千絵は顔を輝かせた。

「少しぐらいなら構わないでしょう」

徳松が声をあげて笑った。

下谷坂本《さかもと》町の往来は、下谷寛永寺から千住《せんじゅ》に抜けていた。途中、山谷《さんや》堀があり新吉《しんよし》原《わら》に行く日本堤《にほんづつみ》があった。日本堤は新吉原を通って浅草今戸《いまど》町に抜け、山谷堀は隅《すみ》田《だ》川に続いている。

平八郎は徳松を抱き、千絵と往来に連《つら》なる店を覗き歩いた。

擦れ違う人や店の者たちは、若い浪人夫婦と機嫌の良い赤ん坊に微笑んだ。

千絵は、店の者と楽しげに言葉を交わしながら買物をした。そして、明るく値切り交渉もした。平八郎は、そうした千絵の様子に武家女というより、町方育ちを感じた。

千絵は、武士に嫁《とつ》いだ町方の女なのかも知れない……。

平八郎はそう睨んだ。


神田川は夕暮れに包まれた。

平岡主膳は供侍を従え、大目付の布施《ふせ》一学《いちがく》の屋敷を出た。

四人の武士は、物陰から現れて追った。平岡主膳を見張っている四人の武士は、何処の何者なのか。

長次は、暗がり伝いに尾行した。

平岡たちは、九段坂の吉沢監物の屋敷を出てから、番《ばん》町・市《いち》ケ谷《や》御門傍にある大目付の布施一学の屋敷を訪れた。四人の武士は、平岡たちを尾行《つけ》廻した。

何かが起こる……。

長次は、緊張した面《おも》持ちで追っていた。

平岡は、供侍の差し出す提灯の明かりを頼りに神田川沿いの道を牛込《うしごめ》御門に向かった。

大目付は五人おり、平岡は半日に二人の大目付の屋敷を訪れた。

そこにどのような理由があるのか……。

長次は、平岡たちを尾行する四人の武士を追った。

月明かりは神田川の流れに揺れた。

平岡たちは、牛込御門から小石川《こいしかわ》御門を過ぎて水道橋《すいどうばし》に進んだ。おそらく水道橋の傍の小栗《おぐり》坂をあがり、岡部藩江戸上屋敷に帰るのだ。長次は、駿河台の切絵図を懸命に思い浮かべた。

尾行していた四人の武士の一人が、小石川御門を渡り、神田川沿いを水道橋に走り去った。

おそらくいよいよだ……。

長次は緊張した。

平岡と供侍は、水道橋に差し掛かった。

辺りに人影はなかった。

三人の武士は地を蹴り、平岡たちに向かって猛然と駆け出した。平岡と供侍は振り返った。

「岩田《いわた》」

供侍は驚き、迫ってくる武士の名を叫《さけ》んだ。

刹那《せつな》、岩田と呼ばれた武士は、抜き打ちの一刀を放った。供侍は、提灯を夜空に飛ばして倒れた。

「皆川《みながわ》……」

平岡は悲痛に叫んだ。

岩田は、倒れた皆川を飛び越えて平岡に襲い掛かった。平岡は慌てて刀を抜き、必死に応戦した。岩田の仲間の武士の一人と水道橋に走り去った武士が、平岡の退路を断った。残る一人の武士が、倒れて苦しんでいる供侍の皆川に止《とど》めを刺した。

「おのれ……」

平岡は、怒りに白髪頭を震わせた。岩田たち四人の武士は、平岡を取り囲んだ。

「赤子を何処に隠した……」

岩田は、平岡に刀を突きつけて迫った。

「し、知らぬ」

「申さねば斬る……」

岩田たち四人の武士はいきり立った。

「斬れ。儂《わし》を早々に斬るが良い」

平岡は薄笑いを浮かべた。

「岩田、儂が死ねばお方さまと赤子の行方《ゆくえ》を知る者はいなくなる」

「死ぬ前に吐いて貰う」

岩田は嘲笑《あざわら》い、刀の峰を返して平岡の首筋を鋭く打ち据えた。平岡は苦しく呻《うめ》き、気を失って崩れ落ちた。

「ゆっくり吐かせてやる。加藤《かとう》、田中《たなか》……」

加藤、田中と呼ばれた二人の武士が、気を失っている平岡を水道橋の下の船着場に運んだ。残る一人の武士が猪牙舟《ちょきぶね》の艫綱《ともづな》を解いた。

岩田たちは、平岡主膳を猪牙舟に乗せた。

「よし。加藤、俺たちは先に行く。お前は皆川の死体を始末して戻って来い」

「心得ました」

「船を出せ、横塚《よこづか》」

「はっ」

横塚は、岩田と田中、そして平岡を乗せた猪牙舟を大川に向かって漕《こ》ぎ始めた。

加藤は、水道橋の南詰に駆け上がり、皆川の死体を担ぎ上げ、神田川に滑り落とした。

神田川の流れは、僅かな水飛沫《みずしぶき》と鈍い音をあげて皆川の死体を飲み込み、大川に向けて運び始めた。

皆川の死体を始末した加藤は、神田川沿いの道を大川に向かった。

長次は暗がり伝いに追った。

岩田たちは、平岡から平八郎に預けた女と赤ん坊の行方を聞き出そうとしている。

どうする……。

長次は、思いを巡らせながら加藤を追った。

神田川は静かに流れ続けていた。

三

囲炉裏の火は小さく燃えていた。

平八郎は、囲炉裏端に蒲団を敷いて横になり、雨戸の向こうに広がる夜の闇を見つめていた。

千絵と徳松は、座敷で乱れのない小さな寝息を刻んでいる。

平八郎は、伊佐吉が訪れた夕暮れ時を思い出した。

夕陽が沈み始めた頃、平八郎と千絵は徳松を抱いて瑞宝寺に戻った。

「これはこれは、矢吹さまではございませんか」

本殿に手を合わせていた大店《おおだな》の若旦那が、夕陽を背にしてにこやかに声を掛けて来た。

平八郎は戸惑った。そして、徳松を抱いた千絵は、素早く平八郎の背後に廻った。

「駒形鰻の伊佐吉にございますよ」

若旦那は伊佐吉だった。

「おお、伊佐吉さんか……」

伊佐吉は、老舗鰻屋『駒形鰻』の若旦那らしく腰を低くして平八郎たちに近づいた。

「久し振りに鬼子母神にお参りに来ましてね。そうしたら矢吹さまらしい方をお見掛けしまして、もしやと思い……」

伊佐吉は小さく笑った。

「そうだったか。千絵、こちらは駒形の鰻屋の若旦那の伊佐吉さんでな。昔からの知り合いなのだ」

「千絵にございます」

「駒形鰻の伊佐吉にございます」

平八郎は、伊佐吉と千絵を引き合わせた。

「伊佐吉さん、ここで待っていてくれ。徳松を寝かせて来る」

平八郎は、庫裏の裏手の家作を示した。

「はい……」

伊佐吉は微笑んだ。微笑みには、裏手と家作に異状はないという意味が込められていた。

平八郎は頷き、千絵と徳松を伴って家作に入った。伊佐吉が微笑んだとおり、家作と裏手に異状はなかった。

徳松がむずかり始めた。

「どうかしたのかな」

平八郎は眉をひそめた。

「きっとお腹が空いたのか、おむつが濡れたのでしょう」

千絵は微笑んだ。

「そうか、それなら良いが……」

「さあ、伊佐吉さんがお待ちですよ」

「うん……」

平八郎は、夕暮れの境内に戻った。

駿河国岡部藩八万石堀田家……。

平八郎は、伊佐吉から平岡主膳が岡部藩の家来だと聞いた。

大名絡みの一件……。

平八郎は、請け負った仕事の裏に潜むものを知った。

「ええ。それで高村の旦那が調べてくれたのですが、岡部藩のお殿さまは今、国許に帰っているそうです」

「岡部藩の世継はどうなっているのかな」

「世継ですか……」

「うん」

「高村の旦那のお話じゃあ、江戸上屋敷には奥方さまと姫さまがいるとか……」

「姫さまか……」

平八郎は眉をひそめた。

家督相続争い……。

平八郎の頭にその言葉が浮かんだ。

もし、岡部藩に家督相続争いが潜んでいるとしたなら、千絵と徳松はどういう立場にいるのか……。

平八郎は思いを巡らせた。

「平八郎さん……」

伊佐吉は眉をひそめた。

「親分、岡部藩の事、もっと調べられるかな」

「そいつは高村の旦那が……」

「じゃあ、岡部藩の世継がどうなっているのかと、殿さまの側室を調べるように頼んで下さい」

「世継と側室……」

「うん」

「じゃあ平八郎さん、千絵さんと徳松……」

伊佐吉は身を乗り出した。

「ええ。ひょっとしたらひょっとしますよ」

平八郎は頷いた。


家作には美味そうな匂いが満ちていた。

平八郎が戻った時、千絵は夕餉の仕度に忙しかった。

むずかっていた徳松は、汚れたおむつを替えて貰い、乳を飲んで眠っていた。

「お前さま、お待たせ致しました」

千絵は、平八郎の前に野菜の煮物と煮魚を載せた膳を置いた。

「美味そうだな」

「それは食べてみてからでございます」

千絵は自分の膳を用意し、徳利を手にした。

「さあ、どうぞ……」

千絵は、平八郎に徳利を差し出した。

「酒か……」

平八郎は戸惑った。

「はい。一杯だけにございます」

「そうか……」

平八郎は嬉しげに笑い、椀の蓋に酒を受けて徳利を取った。

「さあ、千絵も一杯どうだ」

平八郎は、千絵に酒を勧めた。

「はい」

千絵は楽しげに微笑み、やはり椀の蓋に酒を受けた。

平八郎と千絵は、椀の蓋を掲げて酒を飲んだ。酒は五体に温かく染み渡った。

平八郎と千絵は、徳利一本の酒を飲んで飯を食べ終えた。そして、千絵は後片付けと洗い物をし、徳松の世話をした。平八郎は家作の戸締まりを確かめ、瑞宝寺の境内や周囲を見廻った。

平八郎は、雨戸の向こうの闇を窺い続けた。

大川には船行燈の明かりが美しく映《は》えていた。

両国《りようごく》橋を渡った加藤は、本所竪川《ほんじよたて》に架かる一《ひと》つ目《め》之橋を渡り、公儀の御舟蔵の傍を抜けて小名木川《おなぎ》に出た。

長次は追った。

加藤は、小名木川沿いの道を東に進んだ。小名木川の左右には、大名家の下屋敷が連なっていた。

岩田たちは、平岡拉致《らち》に猪牙舟を使った。

猪牙舟を使ったのを見る限り、連れ去った先は川や掘割に近い処にある……。

長次はそう睨んでいた。

加藤は無警戒に夜道を進み、小名木川と交差する横川《よこ》の手前の武家屋敷に入った。

長次は見届けた。

平岡主膳は、加藤の入った武家屋敷に連れ込まれている。

長次はそう睨んだ。

武家屋敷は何処のものか……。

岩田たちは何者なのか……。

そして、平岡を連れ去った理由は何か……。

長次は、小さな吐息を洩らした。

暗闇に水の流れる音が微かに聞こえていた。
川の傍……。
平岡主膳は手足を縛られ、冷たい石の床に横たわって闇を見つめていた。
川の傍なら小名木川沿いにある下屋敷。そして、岩田源一郎《げんいちろう》たちは下屋敷詰の藩士
……。
平岡は、監禁されている場所を下屋敷の土蔵と読んだ。
重い扉の開く軋《きし》みが響き、闇に明かりが浮かんだ。
平岡は、縛られた手足で身構えた。
岩田源一郎は、手燭《てしょく》を持った田中と加藤を従えて平岡の前に立った。
「年寄り相手に大仰なものだな」
平岡は岩田を蔑《さげす》み、嘲笑った。
「平岡さま、若君とお方さまは何処にいるのです」
「良いかな岩田、もの事は相手を見て尋ねるのだ」
平岡は、子供に教えるように告げた。
刹那、岩田の平手打ちが平岡の皺《しわ》の刻まれた頬に鳴った。
平岡は、白髪頭を激しく揺らして唇《くちびる》から血を流した。

「平岡さま、年寄りの冷や水は命取りになりますぞ」

「それは面白い。生きるのにも飽きた。使い古した命だが、うぬの命よりはまともだ。くれてやるぞ」

平岡の憎まれ口は衰えなかった。

「加藤……」

「はっ」

加藤は浅葱《あさぎ》裏の羽織を脱《ぬ》ぎ、木刀を握り締めた。

「うぬは茶坊主加藤の倅か……」

平岡は吐き棄てた。

加藤は思わず怯《ひる》んだ。加藤の死んだ父親は、上役に媚《こ》び諂《へつら》うので名高い男であり、陰で茶坊主と蔑まれていた。

「親が親なら倅も倅だな」

平岡は嘲笑った。

次の瞬間、加藤は木刀で平岡を打ち据えた。平岡は、顔中の皺を深く歪《ゆが》めて苦しげに呻いた。加藤は、尚《なお》も平岡を激しく打ち据えた。平岡は前のめりに蹲《うずくま》り、その背に木刀での責めを受けた。平岡は必死に耐えた。だが、年老いた身体は悲鳴をあげた。

「云え。若君とお方さまは何処にいる」

岩田は怒鳴《どな》り、加藤は木刀を唸らせた。

平岡は、意識が消えていくのを感じた。


雨戸の隙間から差し込む朝の光が一瞬途切れた。

平八郎は、刀を手にして雨戸に忍び寄り、外の気配を窺った。

殺気はない……。

平八郎は、雨戸の隙間から外を窺った。外には口入屋『萬屋』の万吉がいた。

平八郎は、土間に降りて外に出た。

「やあ、早いですね」

「平八郎さん……」

万吉は、狸面を強張《こわば》らせていた。

「どうしました」

平八郎は、万吉に異常を覚えた。

「こちらに平岡さまがお見えになっていませんか」

「いいえ。平岡さん、どうかしたのですか」

平八郎は戸惑った。

「昨日、お出掛けになったまま夜になっても戻られないそうでして……」

万吉は、心配げに眉をひそめた。

「平岡さん、一人ですか」

「いいえ。皆川って配下のお侍と一緒だそうですが……」

「その皆川さんも戻らないのですか」

「ええ……」

日差しが不安げに揺れた。

「平八郎さん……」

伊佐吉がやって来た。

「どうした、親分」

「そいつが、ちょいと……」

伊佐吉は万吉を気にした。

「伊佐吉親分、何か知っているのなら教えてくれ」

万吉は縋《すが》った。

「親分、話して下さい」

平八郎は頷いた。

「岡部藩お留守居役の平岡主膳さま、同じ家中の侍に連れ去られ、小名木川沿いにある下屋敷に閉じ込められた。長さんがそう報《しら》せてきましたぜ」

長次は、昨夜遅く『駒形鰻』に戻り、平岡主膳が襲われて小名木川の傍の武家屋敷に連れ去られたのを告げた。伊佐吉はすぐに本所深川《ふかがわ》の切絵図を広げ、平岡が連れ込まれた武家屋敷が岡部藩江戸下屋敷だと突き止めた。

伊佐吉は告げた。

「じゃあ、平岡さんを襲った奴らは……」

平八郎は眉をひそめた。

「おそらく、同じ岡部藩家中の者だぜ」

伊佐吉は頷いた。

「皆川って配下の侍も……」

「いいや。そいつは、大川の三ツ俣《みつまた》に死体で引っ掛かっていた」

水道橋の袂《たもと》で斬られ、神田川に棄てられた皆川は、大川に流されて三ツ俣で発見された。

万吉は溜息を洩らした。

「どうする……」

伊佐吉は眉をひそめた。

「お助け下さい」

家作の戸口に千絵が佇《たたず》んでいた。

「千絵さま……」

万吉は慌てて頭を下げた。

「平八郎さま、お願いにございます。平岡どのをどうかお助け下さい」

千絵は、平八郎たちに深々と頭を下げた。

「千絵……」

「平岡どのは、徳松と私の命を狙う者どもに連れ去られたのでございます」

「ならば、千絵と徳松の居場所を吐かせようとしての事か……」

平八郎は眉をひそめた。

「きっと……」

千絵は頷いた。

「平八郎さん……」

万吉の狸面は心配に歪んでいた。

「よし。敵が此処《ここ》を知らぬのなら、助けに行っても不都合はあるまい」

平八郎は言い放った。

「あっしも行きますぜ」

伊佐吉は、着物の裾を端折《はしょ》った。

「うん。じゃあ後をお願いします」

平八郎は万吉に頼んだ。

「引き受けました」

万吉は頷いた。

平八郎は、手にしていた刀を腰に差した。

「じゃあ千絵、徳松を……」

「はい。万一の時には、命に代えても護り抜きます」

千絵は、緊張に頬を僅かに染めた。

「平八郎さん、下屋敷には長さんと亀吉がいる。行きましょう」

「はい……」

平八郎は頷いた。

入谷から深川・小名木川に行くには、浅草に出て隅田川に架かる吾妻《あずま》橋を渡るか、山谷堀を隅田川に下るかだ。

平八郎は、伊佐吉と共に深川・小名木川に急いだ。


深川・小名木川には荷船が行き交っていた。

亀吉は物陰に潜み、岡部藩江戸下屋敷を見張っていた。

小名木川と横川が交差する新高《しんたか》橋の船着場に猪牙舟が着いた。そして、長次が降りて来た。

「猪牙を調達してきたぜ」

岩田たちは、平岡主膳を拉致した時に舟を使ったように、いつまた使うか分からない。

長次は猪牙舟を用意した。

「で、何か変わった事は……」

長次は、下屋敷の閉じられた表門を見つめた。

「買物に行った小者の他に、出入りはありません」

「そうか……」

長次が確認した限り、下屋敷には岩田たち四人の他に四人の中間小者がいた。

「長次さん、平岡ってお侍さん、もう殺されちまったんじゃあないでしょうね」

亀吉は不安げに囁いた。

「なきにしもあらずだな……」

長次は眉をひそめた。

平岡がどうなっているのかは分からない。

このまま見張り続けるか、それとも忍び込んで平岡の安否を確かめるか……。

長次は迷った。だが、平岡の安否を確かめるのに無理押しは出来ない。長次は、もうしばらく待つ事に決めた。

「忍び込んでみますか」

亀吉は苛立《いらだ》ちを滲ませた。

「焦っちゃあならねえ」

長次は、亀吉が自分と同じ事を考えていたのを知って苦笑した。

「ですが……」

「亀吉、待つのも仕事の内だ。そいつが嫌なら伊佐吉親分に盃を返すんだな」

長次は厳しく窘《たしな》めた。それは、己へ言い聞かせるのと同時に、若い亀吉の為を思っての事だった。

「そんな……」

亀吉は、長次の厳しい言葉に狼狽《ろうばい》した。

「焦りは命取り。忘れるんじゃあねえ」

「はい……」

荷船が通り過ぎ、小名木川の水面が揺れた。


高窓から差し込む日差しは、僅かずつだが石の床を動いている。

手足を縛られた平岡は、石の床に倒れたまま日差しの動きを見つめていた。

時は流れている……。

平岡は、責められた身体を動かしてみた。骨が軋み、裂けた皮膚に激痛が走った。

いつ気を失ったのか……。

平岡に覚えはなかった。そして、責められて千絵と徳松の居場所を吐いたのかどうかも覚えはなかった。

平岡は、必死に思い出そうとした。しかし、気を失ってからの事を思い出すのは無理だ。

平岡は思わず苦笑した。

生かされているのは、まだ千絵と徳松の居場所を吐いていない証なのかもしれない。

平岡は、そうした思いに縋るしかなかった。

差し込む日差しは、石の床に反射して眩しく輝いた。

下屋敷の潜り戸が開き、岩田源一郎が小者を従えて出て来た。

「長次さん……」

亀吉と長次は物陰に身を潜めた。

岩田は小者を従え、小名木川沿いを大川に向かった。

「さあて、何処に行くのか……」

「あっしが尾行《つけ》ましょうか」

亀吉は、動きたくて仕方がなかった。

「いいだろう。その代わり、無理はするんじゃあねえぞ」

長次は苦笑した。

「合点です。じゃあ御免なすって……」

亀吉は嬉しげに物陰を出て、岩田と小者を追った。

長次は見送り、岡部藩下屋敷に視線を戻した。下屋敷は静寂に包まれている。

岩田が小者を従えて出掛け、下屋敷にいるのは侍が三人と中間小者が三人、都合六人に減った。

どうする……。

長次は、平岡が下屋敷の何処に閉じ込められているのか知りたかった。それが分かれば、下屋敷に忍び込んで平岡を助ける事が出来るかもしれない。

何か良い手はないか……。

長次は思いを巡らせた。

下屋敷から中間が現れ、のんびりと表門の前の掃除を始めた。

四

小名木川は大川と中川《なか》を結び、行徳《ぎようとく》の塩、野田《のだ》の醬油、関東や東北の米を運ぶ行徳船が行き交っている。

長次は見張り続けた。

伊佐吉と平八郎がやって来た。

「親分、平八郎さん……」

長次は、思わず笑みを浮かべた。

「どうだ」

「先ほど、岩田って侍が出掛けましてね。亀吉が追いましたが、行き先はおそらく駿河台の上屋敷でしょう」

長次は睨んだ。

「で、長次さん、平岡さんはここにいるんですね」

平八郎は、岡部藩江戸下屋敷を厳しい眼差《まなざ》しで見つめた。

「おそらく。ですが、どこに閉じ込められているかは分かりません」

「そうですか。で、下屋敷にいる人数は……」

「あっしの知る限りじゃあ、侍が三人と中間小者が三人……」

「都合六人ですか……」

「ええ……」

長次は頷いた。

「長さん……」

「平八郎さん、とにかく平岡さまが閉じ込められている処です」

「うん……」

平八郎は、厳しい面持ちで頷いた。

長次は、岡部藩江戸下屋敷の潜り戸を叩いた。

格子《こうし》窓が開き、中間が顔を見せた。

「どちらさまにございますか」

「へい。岩田さまに使いを頼まれた者にございまして……」

長次は腰を低くした。

「それはそれは……」

中間は、格子窓を閉めて潜り戸を開けた。

次の瞬間、死角に潜んでいた平八郎が、中間を当て落とした。平八郎と長次は、気を失って倒れる中間を抱きかかえて潜り戸を入った。伊佐吉が続き、素早く潜り戸を閉めた。

平八郎は、下屋敷内を油断なく窺った。

式台や前庭に人影はなかった。

「よし……」

平八郎は、長屋門の中間部屋に踏み込んだ。

「どうした」

中にいた中間が振り返った。同時に平八郎は、白刃を突き付けた。中間は息を飲み、震え上がった。伊佐吉と長次が、気を失っている中間を連れ込み、腰高障子を閉めた。

「平岡さんは何処にいる……」

「し、知らない……」

平八郎は、中間の顔の傍に白刃を閃《ひらめ》かした。

白刃は眩しく煌めいた。

中間は眼を見開き、恐怖に凍《い》てついた。中間の髷《まげ》や両鬢《りようびん》の髪が斬り飛ばされて舞った。

「平岡さんは何処にいる」

平八郎は再び訊《き》いた。

「土蔵です」

中間は喉を引き攣《つ》らせた。

「屋敷には他に誰がいる」

「加藤さまと田中さま、それに横塚さま……」

「三人か……」

「はい。他には台所の父っつぁんが一人……」

「それだけか……」

「はい」

長次の見立て通りだった。

「よし。土蔵に案内しろ」

平八郎たちは、中間を引き立てて中間部屋を出た。

中間は、平八郎たちを下屋敷の東端にある土蔵に案内した。

土蔵の重い扉を開けると、錠前の掛けられた太い格子戸があった。

平八郎は、格子の間から土蔵の中を窺った。

高窓から明かりが差し込み、石の床に平岡が倒れていた。

「平岡さん……」

平八郎は小声で呼んだ。だが、平岡に返事はなかった。

「平八郎さん……」

伊佐吉は、心配げに眉をひそめた。

「錠前の鍵は何処だ」

長次は中間を締め上げた。中間は鍵を出して長次に渡した。長次は、鍵を使って錠前を外した。平八郎が格子戸を開け、平岡に駆け寄った。

「平岡さん……」

平岡は白髪と老いた顔を血で汚し、ぐったりと気を失っていた。

「無残な……」

平八郎は怒りを覚えた。

伊佐吉と長次は、平岡の様子をみた。平岡は、か細いながらも息をしていた。

「早く医者に……」

伊佐吉が焦りを見せた。

その時、中間が逃げた。

「曲者です。お出合い下さい。曲者にございます」

中間の怒鳴り声が響いた。

「親分、長次さん、平岡さんを頼みます」

「承知……」

平八郎は土蔵を出た。

三人の武士が、刀を抜き払って駆け寄って来た。加藤、田中、横塚の三人だった。

平八郎は、三人の前に立ちはだかった。伊佐吉と長次が、気を失っている平岡を担《かつ》いで潜り戸に走った。

「おのれ、待て……」

加藤は慌てて追い掛けた。

刹那、平八郎の刀が日差しに煌めいた。加藤の刀を握る腕が両断され、青い空に血を撒《ま》き散らして飛んだ。

加藤は、悲鳴をあげる間もなく昏倒《こんとう》した。

土煙が舞い上がった。

田中と横塚は怯んだ。

平八郎は潜り戸に走った。そして、下屋敷を出た。

「平八郎さん……」

長次の操る猪牙舟が、伊佐吉と平岡を乗せて小名木川を来た。

平八郎は猪牙舟に跳《と》んだ。猪牙舟は大きく揺れた。長次は必死に揺れを止め、猛然と猪牙舟を漕ぎ出した。

田中と横塚が、下屋敷から駆け出して来た。だが、長次の漕ぐ猪牙舟は一気に小名木川を進んだ。田中と横塚は、追うのを諦めて呆然と立ち尽くした。

長次の猪牙舟は、平八郎、伊佐吉、平岡を乗せて大川に出た。

大川は日差しに溢れ、様々な船が行き交っていた。

岡部藩江戸上屋敷は冷ややかな気配に満ち溢れていた。

大名屋敷は藩主が政務を司《つかさど》る表と、奥方や家族のいる奥御殿とに区切られている。

岩田源一郎は、奥御殿の庭先に控えていた。

座敷には、堀田伊豆守の正室お由利《ゆり》の方がおり、濡縁には江戸家老の桑原兵庫《くわばらひょうご》がいた。

「それで桑原、平岡は徳松と千絵が隠れ潜む処を云わぬのか……」

「はい。これなる岩田たちが厳しく責めましたが未《いま》だ。何しろ老体、余りの責め苦は吐かせる前に死なせるやも知れませぬ」

「おのれ、平岡。家臣の分際で妾《わらわ》に楯突きおって。桑原、我が殿は参勤交代で国許の岡部を発《た》った。江戸に到着するのは間もなく。早々に徳松を始末せねば、姫に婿《むこ》を迎えて家督を継がせる事は叶わぬ。岩田、最早容赦《ようしゃ》は無用。平岡を責め、徳松の居場所、何としてでも突き止めるのじゃ」

お由利の方は、夜叉《やしゃ》のような形相《ぎょうそう》で命じた。

「ははっ」

岩田は平伏した。

大川を遡《さかのぼ》り、新大《しんおお》橋、両国橋、吾妻橋を潜ると西側に山谷堀がある。

長次の操る猪牙舟は、平八郎、伊佐吉、平岡を乗せて山谷堀を進んだ。そして、下谷三《み》ノ輪《わ》町の船着場に船縁を寄せた。

伊佐吉は町駕籠を雇い、平岡を乗せて入谷瑞宝寺の家作に向かわせ、長次と医者を探しに走った。

平八郎は、平岡を乗せた町駕籠に付き添って瑞宝寺に急いだ。

家作の庭には木洩れ日が揺れていた。

千絵は、涙ぐみながら平岡の髪や顔を汚している血を拭った。

平岡は微かに呻いた。

「平岡どの……」

千絵は、平岡の血を拭う手を止めて呼び掛けた。

平八郎と万吉は覗き込んだ。

「平岡さん……」

平岡は苦しげに呻き、その眼を僅かに開いた。そして、力なく視線を泳がせ、千絵に眼を留めた。

「ち、千絵さま……」

平岡は、慌てて起き上がろうとした。

「平岡どの……」

千絵は慌てて止めた。

「平岡さま、無理をしてはいけませんよ」

万吉が眉をひそめた。

「今、医者が来ます。何事もそれからです」

「万吉、矢吹どの……」

平岡は、安心したように眼を閉じた。

「平八郎さん」

伊佐吉と長次が医者を連れて来た。


平岡は、医者の手当てを受けて深い眠りに落ちた。

深手は背中の傷が一番だった。だが、傷以上に医者が心配したのは、平岡の年齢だった。老体に受けた拷問《ごうもん》は、傷以上に平岡を打ちのめしていた。

千絵と万吉は、平岡を瑞宝寺の家作で養生させる事に決め、平八郎に引き続き警護を依頼した。

「勿論、給金は上乗せしますよ」

万吉は、口入屋『萬屋』の主に戻り、その眼に狡猾さを過《よぎ》らせた。

乗りかかった船だ……。

平八郎は引き受けた。

伊佐吉と長次は、岡部藩の動きを見張る為に戻って行った。そして、千絵は徳松を背負って平岡の看病をし、平八郎は瑞宝寺の境内と周囲の警戒を厳しくした。

長次が岡部藩江戸下屋敷に戻った時、亀吉はすでに物陰にいた。

「おう。戻っていたのか」

「はい。様子が妙なんですが、何かあったのですか……」

亀吉は眉をひそめた。

「ああ。あれから親分と平八郎さんが来てな。平岡さんを助け出した」

「そうだったんですか……」

亀吉は、岩田を尾行したのを密《ひそ》かに後悔した。長次は苦笑した。

「で、岩田は何処に行ったんだい」

「駿河台の上屋敷です」

「やっぱりな……」

上屋敷には岩田に平岡拉致を命じた者がいるのだ。長次は、岩田たちが平岡に逃げられたと知ってどうするのか見届けたかった。

長次は物陰に潜んだ。

四半刻（三十分）が過ぎた。

下屋敷の潜り戸が開き、厳しい面持ちの岩田が横塚を従えて現れた。

長次と亀吉は緊張した。

岩田と横塚は、小名木川と横川が交差する新高橋の船着場に急いだ。そして、猪牙舟に乗って大川に向かった。

江戸上屋敷に行く……。

「どうします」

「きっと上屋敷に報せに行くはずだ。その後、どうするかだ。追うぜ」

「はい」

長次と亀吉は、猪牙舟に乗って追った。

日暮れが近づいた。

瑞宝寺の家作に明かりが灯された。

平岡は眠り続けた。

千絵は、平岡を看病しながら夕餉を作った。

平八郎は、徳松を背負ってあやしながら警戒を続けた。徳松は、平八郎の背中で機嫌よく笑っていた。

大川は夕暮れに包まれた。

横塚は、岩田を乗せた猪牙舟を操って大川を横切った。そして、両国から神田川に入り、昌平橋の船着場に猪牙舟を着けた。

長次は、岩田と横塚が猪牙舟を降りたのを見計らい、船着場に舳先《へさき》を進めた。

岩田と横塚は、岡部藩江戸上屋敷に入った。

長次と亀吉は見届けた。

「さあて、平岡さまに逃げられてどう出るかだ……」

長次は冷たく笑った。


燭台《しよくだい》の明かりは瞬《またた》いた。

「おのれ、何者の仕業《しわざ》だ」

江戸家老の桑原兵庫は、怒りの中に狼狽を滲ませた。

「得体の知れぬ浪人と町方の者が二人。浪人は、加藤の腕を一太刀で斬り飛ばしたかなりの使い手です」

岩田は冷静に告げた。

「それで岩田。奴らは平岡を何処に連れ去ったのだ」

「分かりません。ですが、きっとそこにお千絵の方と徳松君もおいでになるのでしょう」

「岩田、如何に奥方さまのご命令だとしても、この事が江戸に向かっている殿に知れたら無事には済まぬ。何としてでも事を成就《じょうじゅ》するのだ」

桑原は怯え、微かに震えた。

情けない臆病者……。

岩田は腹の中で嘲笑い、桑原の許で働いたのを悔やんだ。だが、すでに賽《さい》は投げられており、後戻りは出来ない。

必ず切り抜けてやる……。

岩田は、怯える桑原を冷たく見据えた。

行燈の明かりは障子に温かく映えていた。

平岡主膳は、己のいる処が千絵と徳松が身を隠している瑞宝寺の家作だと気が付いた。

障子の向こうには、千絵と徳松、そして平八郎がいるはずだ……。

平岡は起き上がろうとした。だが、身体は悲鳴をあげた。平岡は、激痛に顔を歪めた。

平八郎は、平岡の気配を察知し、障子を開けて入って来た。

「気が付きましたか、平岡さん……」

「矢吹どの……」

平岡は、笑ってみせようとした。だが、老いた顔は苦しく引き攣るだけだった。

「平岡どの……」

千絵が徳松を抱いて来た。

「千絵さま、徳松さま……」

平岡は起き上がろうとした。

「構いません。そのままで……」

千絵は押し止めた。

「申し訳ございませぬ」

平岡は、悔しげに詫《わ》びて身を横たえた。

「駿河国岡部藩のお家騒動ですか……」

平八郎は静かに尋ねた。

「千絵さま……」

平岡は咎めるように千絵を見た。

「平八郎さまは、お仲間たちと平岡どのを拉致したのが家中の者たちであり、連れ去られた先が下屋敷だと突き止め、お助け下さったのです」

「矢吹どの、お仲間とは……」

平岡は探る眼差しを向けた。

「岡っ引の伊佐吉親分と長次さん、亀吉と申す者たちです」

「岡っ引……」

平岡は白髪眉をひそめた。

「ご安心下さい。伊佐吉親分たちは私の親しい友として手伝ってくれています。公儀に洩れる心配は無用です」

平八郎は、そう云いながら南町奉行所の定町廻り同心高村源吾を思いだした。高村は、伊佐吉から岡部藩堀田家の事を聞いている。しかし、高村はそれを他言するような男ではない。平八郎はそう信じていた。

「そうですか……」

「平岡どの、最早何もかも平八郎さまにお話し致してお力をお借り致しましょう」

「これ以上、醜《みにく》い争いが続くのなら、私は徳松を連れて町方に戻り、誰も知らない処に身を潜めて静かに暮らします」

千絵は哀しげに告げた。

「分かりました。仰せの通りに致します」

平岡は、吐息を洩らして千絵に目礼した。

「矢吹どの、ご推察の通り、我らは駿河国岡部藩の者。岡部藩の正室お由利の方さまには姫さましかおらず、御側室お千絵の方さまに徳松君がお生まれになったのです……」

「千絵さま……」

お由利の方は、自分の産んだ姫に婿を取って岡部藩の家督を継がせるのを望んでいた。そして、側室のお千絵の方が懐妊した。岡部藩藩主の堀田伊豆守は喜んだ。だが、伊豆守は参勤交代で国許に帰った。半年後、お千絵の方は子を産んだ。伊豆守待望の男の子、世継だった。だが、お由利の方は、己の望みを打ち砕く者として憎しみの炎を燃え上がらせた。そして、数ヶ月が過ぎて伊豆守が江戸に戻って来る時が来た。お由利の方は、江戸家老の桑原兵庫を取り込み、お千絵の方と徳松の抹殺《まっさつ》を命じた。

お千絵の方と徳松は、岡部藩江戸屋敷の何処にもいる場所はなくなった。

江戸留守居役の平岡主膳は、お千絵の方と徳松を密かに連れ出し、口入屋『萬屋』万吉に隠れ家と護衛を探すように頼んだ。そして、平八郎が雇われた。

お家騒動が公儀の知るところになれば、岡部藩は無事には済まない。平岡は大名の監察を役目とする大目付たちのご機嫌伺いをして廻り、事の次第が公儀に洩れていないのを確かめた。そして、平岡はその帰り道に襲われた。

「萬屋の万吉さんとは、どのような関わりですか」

平八郎は尋ねた。

「万吉の死んだ父親と知り合いでな。その縁で何かと働いてくれている」

平岡は、疲れたように眼を閉じた。

「大丈夫ですか、平岡どの……」

千絵は心配した。

万吉には何かと謎が多い……。

平八郎は戸惑った。

「矢吹どの、今日は何日ですか……」

平岡が苦しげに尋ねた。

「十二日です」

「左様か……」

「十二日が何か……」

「殿が国許の岡部を発つのは十日。すでに二日が過ぎた。岡部から江戸まではざっと五十里。参勤行列は一日十里。江尻《えじり》や由井《ゆい》、吉原を抜けて今夜は沼津《ぬまづ》泊まり。そして、明日は箱根《はこね》の関所を通って小田原《おだわら》……」

平岡は、岡部藩の参勤行列の動きを読んだ。

「それがどうかしましたか……」

平八郎は戸惑った。

「矢吹どの、お千絵の方さまと徳松君をお助けし、事を穏便《おんびん》に済ませる手立ては一つ……」

平岡は、平八郎に縋る眼差しを向けた。

「お千絵の方さまと徳松君、一刻も早く伊豆守さまの許にお連れするしかありませんか」

平八郎は小さく笑った。

「如何にも。矢吹どの、お願い出来ますか」

明日の朝、堀田伊豆守一行は江戸から三十里ほどの沼津を出立する。そして、平八郎もお千絵と徳松を連れて江戸を出立するとしたなら、明後日に程《ほど》ケ谷《や》・戸塚《とつか》・藤沢《ふじさわ》・平塚《ひらつか》の宿場辺りで出逢う計算になる。もっともそれは男の足で進んだ時の計算であり、女と赤ん坊を連れての道中ではない。だが、堀田伊豆守が江戸に到着するまで隠れ潜んでいられる保証はなく、いつ襲われるか分からない。

「どうします」

平八郎は千絵に尋ねた。

「このまま江戸にいて騒ぎが大きくなれば、いつ御公儀に洩れるか分かりませぬ……」

平岡は、千絵の言葉に頷いた。

「そうなれば岡部藩の存亡の危機。平岡どのの申される通り、密かに江戸を脱け、一刻も早く殿の許に行くのが良策かと存じます」

千絵は、平八郎に告げた。

「徳松にも厳しい道中になりますよ」

「はい。覚悟は出来ております。ねえ、徳松」

千絵は、徳松に微笑んだ。徳松は、声をあげて楽しげに笑った。

「分かりました。では明朝、出立しましょう」

平八郎は瑞宝寺の庫裏に行き、小坊主の良泉に使いを頼んだ。

良泉は、夜道を浅草駒形に急いだ。

平八郎は、良泉を見送って旅の仕度を始めた。

木々の梢は夜風に不安げに揺れた。

五

寅の刻七つ（午前四時）。

大名行列が出立する刻限だ。おそらく、堀田伊豆守の参勤行列も沼津の宿の本陣を出立したはずだ。

山谷堀は朝霧に包まれていた。

平八郎は、徳松を抱いた千絵を伴って下谷三ノ輪町にある山谷堀の船着場に降りた。

船着場には、伊佐吉と長次が猪牙舟を仕度して待っていた。

前夜、良泉の報せを受けた伊佐吉は、長次を連れて瑞宝寺に駆け付けて来た。平八郎たちは事の次第を伊佐吉たちに話し、堀田伊豆守の許に行くと告げ、出立の仕度とその後の協力を頼んだ。伊佐吉たちは、喜んで協力すると約束した。

「親分、長次さん……」

長次は旅支度だった。

「平八郎さん、千絵さま、長さんは品川《しながわ》から先もお供します」

「そいつは助かる」

平八郎は喜んだ。

「ご造作をお掛け致します」

千絵は礼を述べ、徳松を抱いて猪牙舟に乗り込んだ。

「じゃあ親分、平岡さんを頼みます」

「引き受けました。気をつけて……」

「じゃあ、猪牙を出しますぜ」

長次は、平八郎と徳松を抱いた千絵を乗せた猪牙舟を山谷堀に漕ぎ出した。

朝霧が揺れ、見送る伊佐吉の姿をすぐに包み込んだ。平八郎は、千絵と徳松の事を考え、東海道の出入口である高輪《たかなわ》の大木戸まで猪牙舟で行く事にした。

猪牙舟は朝霧を揺らし、隅田川に向かって進んだ。

隅田川に出た猪牙舟は、流れに乗って一気に下り、永代橋《えいたい》を潜って霊岸島《れいがん》と佃《つくだ》・石川島《いしかわ》の間を抜け、鉄砲洲波除稲荷《てっぽうずなみよけいなり》から浜御殿《はまごてん》伝いに袖ケ浦《そでうら》を進んだ。そして、芝《しば》・田町《たまち》七丁目の船着場に船縁を寄せた。

東海道・高輪の大木戸は旅人が行き交っていた。

平八郎と長次は、茶店で千絵と徳松を休ませた。

「さあて平八郎さん、どうします」

「私は千絵さんと徳松を連れて行きます。長次さんは、後詰をお願いします」

岡部藩江戸家老の桑原兵庫が、千絵と徳松の江戸脱出に気付き、追手を掛けないとも限らない。平八郎は、その備えを長次に頼んだ。

「分かりました。じゃあ……」

長次は微笑み、千絵に目礼して行き交う旅人の間に消えた。

「さて、私たちも出立しましょう」

「はい」

千絵は、徳松を抱いて立ち上がった。平八郎は、徳松のおむつなどを包んだ風呂敷包を担いで立ち上がった。

「さあ、徳松、行くぞ」

平八郎は、千絵を励ますように徳松に明るい声を掛けた。徳松は、千絵の腕の中で可愛い声をあげて嬉しげに笑った。

袖ケ浦から潮風が吹き抜けた。


岡部藩江戸上屋敷は静かな朝を迎えた。

亀吉は物陰に潜んでいた。

伊佐吉が亀吉の背後に現れた。

「どうだ……」

「こりゃあ親分。今のところは別に……」

「そうか……」

「で、平八郎の旦那は……」

「お千絵の方さまと徳松さまを連れて出立したぜ」

「上手く行くといいですね」

「ああ。よし、此処は引き受けた。お前は朝飯を食ってきな」

「平岡さまは……」

「万吉の旦那と瑞宝寺の良然さまが付いていてくれている」

「そうですか。じゃあ、急いで食って来ます」

亀吉は、一番近くの町方の地である三河町《みかわ》に走った。

伊佐吉は、岡部藩江戸上屋敷の見張りに付いた。


江戸上屋敷内は、藩主・堀田伊豆守の江戸到着を二日後に控え、緊張感を漂わせ始めていた。

岩田源一郎は、江戸家老の桑原兵庫と共に正室お由利の方の許に呼ばれた。

正室お由利の方は、側室お千絵の方と徳松の行方が摑めずに苛立っていた。それは、桑原を責め立てていた。

「このままでは、千絵と徳松は殿に目通りしてしまう。さすれば、徳松が堀田家の世継と決まり、妾の望みは消える。いや、望みが消えるどころか身の破滅じゃ。どうするのじゃ桑原」

お由利の方は、苛立たしげに甲高い声を震わせた。

「お千絵の方と徳松君、留守居役平岡主膳と逐電《ちくでん》して行方知れずと致し、殿には逢わせませぬ」

桑原は苦しげに告げた。

「殿に逢わせぬ……どうやって……」

お由利の方は柳眉をひそめた。

「はい。上屋敷と登城の行き帰り、岩田たちが眼を光らせ……」

桑原は、懸命にお由利の方をなだめようとした。

桑原の云う通り、千絵と徳松を殿に逢わせてはならない……。

岩田は、庭先に控えたまま思いを巡らせた。

殿と千絵を逢わせないのはこちらの都合であり、千絵たちは何としてでも殿に逢わなければならない。だが、江戸に出府した殿には、お由利の方や桑原、そして自分たちの眼が光って厳しくなり、逢うのは一段と難しくなる。もし、千絵たちがそれに気が付いたとしたら……。

岩田は、不意に激しい衝撃に突き上げられた。

「申し上げます」

岩田は、思わず膝を進めていた。

「控えい。岩田」

桑原は怒鳴った。

「構わぬ。申してみよ」

お由利の方が声を震わせた。

「はっ。お千絵の方さまと徳松君。ひょっとしたら、殿に逢いにすでに東海道を上っているやも知れませぬ」

岩田は、己の顔が緊張に引き攣るのを感じた。

「な、なんと……」

お由利の方と桑原は激しく動揺した。そして、岩田の睨みに信憑性《しんぴょう》があるのに気付いた。

お千絵の方と徳松を殿に逢わせてはならない……。

「岩田とやら、追え。手勢を揃えてお千絵を追うのです」

お由利の方は悲鳴のように叫んだ。

岡部藩下屋敷留守居頭の岩田源一郎は、配下の横塚と三人の横目付を従え、旅姿で江戸上屋敷を出た。

「親分……」

亀吉は声を上擦らせた。

「野郎ども、千絵さまが東海道を上ると読んだのかも知れねえ」

伊佐吉は吐き棄てた。

「ええ。どうします」

「追い掛けるぜ」

「ですが親分、その間に平岡さまに万一の事があったら……」

「亀吉。平岡さまは、己が身に万一の事があっても、お千絵の方さまと徳松さまの為なら喜んで許してくれるぜ」

「分かりました」

伊佐吉と亀吉は、岩田たち岡部藩の五人の家臣たちを追った。

岩田たちは、神田三河町から日本橋《にほんばし》に足早に向かった。

「このまま行くと日本橋か……」

「ええ。奴らやっぱり東海道を上る気ですぜ」

「くそ……」

伊佐吉と亀吉は、足早に行く岩田たちを追った。岩田たち五人は、先を急ぐのに気を取られ、背後への警戒心を失っていた。

東海道には旅人たちが行き交っていた。

平八郎と千絵は大森《おおもり》を過ぎた。

「大丈夫か……」

平八郎は、眠る徳松を抱いて背後を来る千絵に声を掛けた。

「はい」

千絵は、額に薄く汗を滲ませて微笑んだ。

平八郎は、背後を来る旅人に長次を探した。だが、長次は巧妙について来ているらしく、その姿は見えなかった。やがて、行く手に六郷川《ろくごう》が見えた。

「平八郎さま、あの川は……」

「六郷川だ」

六郷川は舟渡しであり、渡ると川崎《かわさき》の宿だ。

六郷川の舟渡し場は、舟を待つ旅人で賑わっていた。

平八郎は、川役所で渡し舟に乗る手続きをし、木陰で徳松に乳を飲ませ終えた千絵の許に戻った。

「よし。徳松を……」

「すみません」

千絵は、平八郎に徳松を渡した。徳松は、乳を飲んで腹一杯になり、機嫌が良かった。

平八郎は、徳松を抱いてあやした。

千絵は額の汗を拭い、徳松を抱いて来て強張っていた腕を動かした。

六郷川の流れは煌めき、吹き抜ける風は心地良かった。

渡し舟は、平八郎や千絵たち客を乗せて対岸に着いた。

「よし。徳松、私がおんぶしてやるぞ」

平八郎は、茶店で晒《さら》しを買って徳松を背中に負ぶった。

「平八郎さま、そのような……」

千絵は慌てた。

「なあに、こいつが一番だ。父っつぁん、この傘もくれ」

平八郎は、茶店の隅にあった傘を買おうとした。

「旦那、そいつは売り物にならねえ破れ傘だ」

茶店の老爺は苦笑した。

「破れ傘……」

平八郎は傘を開いた。傘は一ヶ所大きく破れていた。

「構わぬ。こいつを買うよ」

「いいんですかい」

「うん。幾らだ」

平八郎は破れ傘を買い求めて差し、背中の徳松に日陰を作った。

「うん。これでいい……」

平八郎は満足気に笑った。

「平八郎さま……」

千絵は、平八郎の優しさに感謝した。

平八郎は徳松を背負い、片手で破れ傘を差して残る手におむつを包んだ風呂敷包を提《さ》げた。

「さあ、行くぞ」

平八郎は千絵を促《うなが》し、張り切って歩き出した。

千絵は平八郎に続いた。

擦れ違う旅人は、赤ん坊を負ぶって破れ傘を差して歩く平八郎を見て笑った。だが、平八郎は気にも留めず、徳松や千絵に話し掛けながら東海道を上った。もうじき江戸日本橋から四里半、高輪の大木戸から二里半の川崎の宿場だった。

平八郎は、徳松を負ぶって破れ傘を差し、風呂敷包を提げて行く。

千絵は、そんな平八郎に寄り添うように続いていた。

「平八郎さんらしいや……」

長次は、行く手に見える平八郎の姿に思わず微笑んだ。

平八郎の差している破れ傘は、日差しを浴びて眩しく輝いていた。

岡部藩堀田伊豆守の参勤行列は、三島《みしま》の宿を過ぎて箱根に近づいていた。

八万石の大名家の参勤行列は、ざっと八百人ほどの人数になる。

行列は今夜の宿泊地である小田原に向かっていた。

堀田伊豆守は、まだ見ぬ世継の徳松に逢うのを楽しみに駕籠の揺れに身を任せていた。

高輪の大木戸には、土埃と荷駄の馬の糞の臭いが潮風に舞っていた。

岩田たちは、大木戸の傍の茶店で聞き込みを掛けた。そして、朝早くに若い浪人夫婦が赤ん坊を連れて東海道を西に向かったのを知った。

「その者たちがお千絵の方と徳松かも知れぬ」

岩田は睨んだ。

「岩田さま、朝方に通ったとなると……」

横塚は眉をひそめた。

「相手は女と赤子だ。急げば必ず追いつく」

岩田は横塚を睨み付けた。

伊佐吉と亀吉は、向かい側の茶店で草鞋《わらじ》や笠、水を入れる竹筒などを買い、旅支度を調《ととの》えた。

岩田たちは僅かな休息を取り、足早に大木戸を出立した。

伊佐吉と亀吉は追った。

岩田たちは小走りに東海道を上っていく。

川崎の宿を出た平八郎と千絵は、生麦《なまむぎ》、神奈川《かながわ》などの宿場を過ぎた。

千絵と徳松を連れた道中はやはり厳しいものであり、次々と後から来た旅人に追い抜かれた。だが、幸いなのは徳松の機嫌が良い事だった。

背後から来る旅人に追い抜かれるのは長次も同じだった。

長次は、背後から来る旅人に岩田たちがいないか確かめながら進んだ。

岩田たちは、鈴《すず》が森《もり》、大森を走るように通り過ぎた。

伊佐吉と亀吉は続いた。

「野郎……」

「親分、下手をしたら追いつかれますぜ」

亀吉は不安を露《あら》わにした。

「ああ……」

「あっしがひとっ走りしますか」

平八郎に一刻も早く報せ、身を潜めてやり過ごすか迎え撃つ。どちらにしろ、平八郎に早く報せなければならない。

「よし。そうしてくれ」

伊佐吉は、亀吉を走らせる事に決めた。

「じゃあ……」

亀吉は、街道沿いに建つ家の裏手に走り出そうとした。

「亀、こいつを持っていきな」

伊佐吉は、亀吉を呼び止めて金を渡した。

「もうじき六郷の渡しだ。舟を雇うなり、駕籠を雇うなり、好きに使いな」

「合点です」

亀吉は金を懐に入れ、街道沿いに建つ家の裏手に駆け込んで行った。

伊佐吉は岩田たちを追った。

六

江戸日本橋から八里半、高輪の大木戸から六里半の程ヶ谷の宿場に近づいた。

陽はすでに西に傾いている。

平八郎は、懸命に付いて来る千絵を窺った。千絵の顔には、夜明けから六里ほどの道を歩き通して来た疲れが滲んでいた。

今夜は程ヶ谷泊まりだ……。

平八郎は決めた。

六郷の渡しは相変わらず旅人で賑わっていた。

亀吉は、百姓家の裏手や田畑を駆け抜けて岩田たちを辛うじて追い抜いた。そして、六郷の舟渡しに辿り着いた。渡し舟は出たばかりだった。

次の渡し舟を待つと、岩田たちに追いつかれる……。

亀吉は渡し舟を待たず、付近の川漁師に金を握らせて川舟で対岸に向かった。

岩田たちが、六郷の渡しに駆け込んで来るのが見えた。


未《ひつじ》の刻八つ半（午後三時）過ぎ、平八郎と千絵は程ヶ谷宿に着いた。

程ヶ谷の宿では、旅籠の番頭や女中たちが賑やかに客を引いていた。

「さあ、今日はこれまでとして宿を取ろう」

「はい……」

千絵は汗ばんだ顔で頷き、乱れた一筋の髪をかきあげた。

平八郎と千絵は、『桔梗屋《ききょうや》』という旅籠《はたご》に泊まる事にした。

「お客さまにございます」

客引きの女中が帳場に叫んだ。

「お早いお着きにございます」

帳場にいた番頭が、揉み手をしながら平八郎たちを迎えた。

「うん……」

平八郎はあがり框《かまち》に腰掛け、千絵の手伝いで背中の徳松を降ろした。

「ご苦労さまにございました」

「なに、徳松は良い子だからどうって事はないさ」

平八郎は笑い、草鞋を脱いで女中の持って来た濯《すす》ぎで足を洗った。水は心地良く足の火照《ほて》りを冷ましてくれた。

「ところで番頭、見ての通りの赤子連れだ。夜泣きをしては他の客の迷惑になろう。離れに泊めて貰えるとありがたい」

「離れはございますが……」

番頭は、平八郎の薄汚れた姿を値踏みした。

平八郎は苦笑した。

「心配するな番頭、宿代なら前金で払うぞ」

平八郎は、小判を番頭に差し出した。

「これはこれは、ご無礼致しました」

番頭は、瞬時に顔色と態度を変えた。

「ささ、お侍さまたちを離れにご案内するのですよ」

番頭は女中たちに命じた。

「宿帳はどうする」

「そんなものは後で結構にございますよ」

番頭は媚《こ》びるように笑った。

「お客さまにございます」

客引きの女中が長次を案内して来た。

「おいでなさいまし」

番頭は長次を迎えた。

平八郎は、長次と視線を交わして離れに向かった。

離れ座敷は静かで日当たりが良かった。

おむつを替えて貰った徳松は、乳を腹一杯に飲んで眠った。

千絵は女中に断り、汚れたおむつを井戸端で洗って干した。

「さあ、お茶でも飲んで一息つくがいい」

「はい……」

平八郎と千絵は、濡縁に座って茶を飲んだ。

千絵は、西の空に沈む夕陽を眺めた。

「綺麗……」

夕陽は雲を赤く染めていた。

「茜《あかね》雲か……」

「はい……」

千絵は、茜雲を懐かしげに眺めた。

「子供の頃、軽子《かるこ》坂の上の茜雲を眺めました」

「軽子坂とは牛込御門の前の……」

「はい。いつも父の仕事が終わるのを待ちながら……」

「そういえば、千絵さんは町方の出だと云っていたな」

「父は浪人で、軽子坂の傍の揚場《あげば》町で日雇いの人足働きをしていたんです」

「そりゃあいい。私も万吉さんの周旋で揚場町の荷降ろし場で人足働きをした事があるよ」

「まあ、本当ですか」

千絵は驚いた。

「うん。奇遇だな。こいつは……」

「はい……」

平八郎と千絵は笑った。

揚場町は神田川沿いにあり、荷の積み降ろしをする問屋場があった。千絵の父親は、そこで人足働きをして一人娘の千絵を男手一つで育てた。

「母上はどうした」

「存じません」

「えっ……」

平八郎は戸惑った。

「父の話によれば、母は私が二歳の時に見知らぬ男と出て行ったそうです」

千絵は優しげに微笑んだ。そこには、母を恋しがり、憎み、恨む時を過ぎた女がいた。

「そうですか……」

「父は人足働きをしている時、萬屋の万吉さんと知り合い、平岡主膳さまに引き合わされて何度かお仕事の手伝いをしたそうです。そして、父が病で亡くなり、私は平岡さまのお世話で岡部藩江戸上屋敷に御奉公にあがったのです」

「そこで藩主の堀田伊豆守さまに見初《みそ》められましたか」

「はい……」

千絵は頷いた。

夕陽は沈み、茜雲は消えた。


岡部藩の参勤行列は箱根の関所を越え、小田原の本陣に入った。

小田原は、相模《さがみ》国小田原藩十一万三千石大久保加賀守《おおくぼかがのかみ》の城下町だ。

堀田伊豆守は、間もなく逢える千絵と徳松の面影を思い描いて胸を弾ませた。


夜、程ヶ谷の宿から客を引く旅籠の者と旅人の声は消えた。

長次は、二階の部屋の窓から外を眺めていた。窓の外は東海道であり、夕方の到着時も過ぎて静けさを取り戻していた。

仮に追手がいるとしたら、夜でもやって来るはずだ。

長次の緊張は、夜になってから高まった。

宿場の東から男が足早にやって来た。

見覚えのある身体つきだ……。

長次は眼を凝《こ》らした。

男は視線を感じたのか、長次を見上げた。

亀吉だった。

「亀……」

「長次さん……」

亀吉は、汗と土埃に汚れた顔を輝かせた。


行燈の明かりは小さく瞬いた。

千絵は、座敷の隅で徳松のおむつを替え、乳を飲ませていた。

平八郎と長次や亀吉の話し声が、濡縁から聞こえていた。長次は、平八郎と千絵が夕餉を済ましたのを確かめ、離れ座敷にやって来た。そして、平八郎に岡部藩の家来が追って来ているのを報せた。

「そうですか、追手が来ますか……」

「ええ。五人……」

亀吉は頷いた。

「親分が追って来ているそうですが、今頃は神奈川の宿辺りだと思います」

長次は睨んだ。

「神奈川の宿とこの程ヶ谷の間は一里半。このまま夜道を来るかも知れませんね」

平八郎は眉をひそめた。

「はい……」

長次と亀吉は頷いた。

「良く報せてくれました。助かります」

平八郎は亀吉に礼を述べた。

「いいえ……」

「で、どうします」

長次は膝を進めた。

「うん。堀田さまの行列は、今夜は小田原の宿。おそらく明日は、藤沢か戸塚の宿まで進むはず……」

平八郎は、堀田伊豆守の行列の動きを読んだ。

「ええ……」

長次は頷き、東海道の地図を広げた。

平八郎と亀吉は地図を覗き込んだ。

長次は、東海道を指で辿《たど》った。

「追手に追いつかれるのを覚悟でこのまま東海道を上るか、程ケ谷を出て浦賀《うらが》道に入り、金沢《かなざわ》から鎌倉《かまくら》に抜け、戸塚宿の手前の吉田《よしだ》に出るか、あるいは鎌倉から江《え》ノ島《しま》を通って藤沢の宿に出る……」

「追手の野郎どもを躱《かわ》すんですか……」

「うん。だけど、かなりの遠廻りになる」

長次は眉をひそめた。

「ええ。これ以上の遠廻りは……」

平八郎は、座敷の隅で徳松に乳を飲ませている千絵を示した。それは、これ以上の負担は千絵と徳松に厳し過ぎるという事だった。

「じゃあ……」

「はい。このまま東海道を進みます」

平八郎は決めた。

「追手に追いつかれた時は私が食い止めます。その間に千絵さんと徳松を伊豆守さまの許に連れていって下さい」

「分かりました……」

長次は頷き、平八郎と打ち合わせをし、亀吉と共に二階の客室に引き取った。

「平八郎さま……」

千絵は、腹が一杯になって喜ぶ徳松を寝かせた。

「聞こえましたか」

「はい。追手が掛かっているとか……」

千絵は眉をひそめた。

「ええ。ですが伊佐吉親分や長次さんたちも来てくれています。何の心配もいりませんよ」

平八郎は笑った。

「はい……」

千絵は頷いた。

徳松は何が嬉しいのか、楽しげな声をあげて手足を動かした。

「おう、徳松。ご機嫌さんだな……」

平八郎は、徳松を抱き上げてあやした。徳松は、涎を垂らして嬉しげに笑った。

千絵は、心配させないように振舞う平八郎の心遣いに感謝した。

夜は静かに更《ふ》けていく。

宿場の朝と夜は早く、程ヶ谷の宿は眠りに落ちていた。

長次と亀吉は、追手と伊佐吉の来る東海道を交代で見張った。

岩田源一郎と横塚たちは、駿河台の江戸上屋敷を出立してから殆《ほとん》ど小走りに来た。

だが、江戸日本橋から七里の処にある神奈川の宿で流石《さすが》に疲れ果てた。

勝負は明日……。

岩田たちは旅籠に入り、ようやく草鞋を脱いだ。

伊佐吉は吐息を洩らし、旅籠の斜向《はすむ》かいにある茶店の大戸を静かに叩いた。

茶店の潜り戸から老爺が顔を出した。

伊佐吉は、十手を見せて江戸の岡っ引だと告げた。

「江戸の岡っ引……」

老爺は戸惑いを浮かべた。

江戸の岡っ引の十手が通用するのは、朱引きの内だけだ。

「済まないが、飯を食わせちゃあくれないか」

「構わねえが、冷たい飯と残り物しかねえぜ」

「上等だ……」

「じゃあ入んな……」

老爺は、伊佐吉を茶店に招き入れた。

伊佐吉は、店の隅にある縁台に沈むように腰掛けた。

「何を追っているのか知らねえが、きつい道中のようだな」

老爺は、板場で飯の仕度をしながら興味津々の眼を向けた。

「ああ、女と赤ん坊を斬り棄てようって野郎どもを追って来てな」

「赤ん坊を斬り棄てるだと……」

老爺は眉をひそめた。

「その野郎どもが向かいの旅籠に泊まり、こっちもようやく一休みってところだ」

「そいつはご苦労だったな……」

老爺は、冷や飯と汁、そして煮物の残りを温めて持って来てくれた。

「こいつは美味そうだ」

伊佐吉は飯を食べ始めた。

「親分、どうだいお茶代わりに……」

老爺は、湯呑茶碗に酒を満たした。

「ありがてえ……」

伊佐吉は喜んだ。


寅の刻七つ（午前四時）。

岡部藩堀田伊豆守の行列は、小田原の本陣を出立した。

程ヶ谷宿は早立ちする旅人で賑わっていた。

平八郎と千絵は、出立の仕度と徳松の世話に忙しかった。

「千絵さん、やっと堀田伊豆守さまに逢えるぞ」

「はい」

千絵は顔を輝かせた。

「徳松、ようやくお父上さまに逢えますよ」

千絵は、嬉しげに徳松に語り掛けた。徳松は笑った。

「平八郎さん……」

長次が離れ座敷の庭先に現れ、追手がまだ程ヶ谷の宿に来ていない事を告げた。

「そうですか、まだ来ていませんか……」

「はい。流石に草臥《くたび》れたんですぜ」

長次は笑った。

「じゃあ、こっちも急いで出立した方が良さそうですね」

「はい」

長次は頷いた。


平八郎は、おむつの入った風呂敷包と破れ傘を担ぎ、徳松を抱いた千絵と共に程ヶ谷宿を出立した。旅籠『桔梗屋』の番頭と女中は賑やかに見送った。

長次と亀吉は、平八郎と千絵の後ろ姿を見ながら続いた。

「昨日、雨、降りましたかね」

亀吉は、平八郎の持っている破れ傘に戸惑った。

「あの傘はな、徳松さまの日傘だ」

「徳松さまの日傘……」

亀吉は眉をひそめた。

「その内、分かるさ」

長次は苦笑した。

平八郎と徳松を抱いた千絵は、程ヶ谷宿を出て武蔵《むさし》国から相模国に入った。

寅の刻七つ半（午前五時）が過ぎた。

神奈川の宿は、早立ちの旅人も出立して落ち着きを取り戻した。

茶店の老爺は、店の前の掃除を始めた。

岩田源一郎と横塚たち五人の武士が、斜向かいの旅籠から血相を変えて走り出て来た。

寝過ごした……。

老爺は嘲笑った。

岩田たち五人の武士は、東海道を西に走り出した。

「寝過ごしたようだな」

茶店から伊佐吉が出て来た。昨夜、伊佐吉は老爺に金を払い、茶店に泊めて貰ったのだ。

「ああ。間抜けな奴らだ」

「世話になったな、父っつぁん」

伊佐吉は、茶店の老爺に見送られて神奈川の宿を足早に後にした。

岩田たち五人の追手は、程ヶ谷宿に向かって走った。

「気を付けてな」


相模国に入った平八郎と千絵は、平戸《ひらと》、柏尾《かしお》宿と進んだ。

今のところ、長次から追手が迫ったという報せはない。だが、追手が来ているのは間違いない。次の宿場は戸塚、そして藤沢、平塚と続き、堀田伊豆守の参勤行列と出逢うのが予想される。そして、それ以前に追手も必ず襲って来るはずだ。

今の内か……。

平八郎は、吉田宿の茶店で休息を取る事にした。

千絵は、徳松のおむつを替えて乳を飲ませた。

「さあて、徳松は私が負ぶろう」

「平八郎さま……」

「次は戸塚宿。それ以後は何処でどうなるか分かりはしない」

平八郎は、緊張した面持ちで告げた。

「分かりました。万一の時は、徳松をよろしくお願い致します」

千絵は、平八郎に深々と頭を下げた。

「うん」

平八郎は千絵の手を借り、晒しを使って徳松を背負った。

東海道は日差しに溢れ、旅人たちが忙しく行き交っていた。

徳松を背負った平八郎は、破れ傘を差して日差しを遮《さえぎ》り、東海道を進んだ。千絵は、おむつを入れた風呂敷包を持って続いた。

長次と亀吉は、背後を窺いながら平八郎たちに続いた。

「成る程、徳松さまの日傘ですか」

亀吉は感心した。

「ああ。赤ん坊を負ぶっての道中とは、平八郎さんらしいぜ」

長次は苦笑した。

「優しいんですよね、平八郎さん……」

亀吉は微笑んだ。

平八郎が差している破れ傘は、日差しに眩しく輝いた。

神奈川宿から程ヶ谷宿までは一里半。

岩田源一郎と横塚たち五人の追手は、半刻（一時間）で駆け抜けた。

伊佐吉は追った。

岩田たち追手は、保ヶ谷宿を通り過ぎても走り続けた。

小田原を出立した堀田伊豆守の行列は、梅沢《うめざわ》を過ぎて大磯《おおいそ》に近づいていた。

堀田伊豆守は、愛妾の千絵と徳松が命を狙われ、自分の許に逃げ込む為に東海道を上っていると知らずに道中を続けていた。

七

戸塚宿を抜けた平八郎と千絵は、藤沢宿に向かっていた。

藤沢の宿まであと一里を切った……。

平八郎は、自分たちの位置と堀田伊豆守の行列のいる処を推測した。

小田原と次の大磯宿までは四里。一里を半刻強で進むとしたら、四里進むのに二刻

（四時間）掛かる。堀田伊豆守の行列が寅の刻七つ（午前四時）に小田原を出立したなら、そろそろ大磯宿に到着する時刻だ。

今、平八郎と千絵がいる処と大磯宿は、ざっと四里離れている。だとしたら、互いに進んで出逢う処は、藤沢宿の次の平塚宿辺りになる。そして、千絵と徳松を堀田伊豆守に無事に送り届ける仕事は終わる。

もう少しだ……。

平八郎は徳松を背負い、破れ傘を差して先を急いだ。

岩田源一郎たちも主の堀田伊豆守の行列の進み具合を読んだ。

千絵と徳松に行列に駆け込まれたら何もかもが水の泡になる。

岩田は、横塚たち四人を従え、休息も取らずに戸塚宿を駆け抜けた。

焦っていやがる……。

伊佐吉には、岩田たち追手の気持ちが手に取るように分かった。

平八郎は、千絵と共に藤沢宿を通り抜けた。

同じ頃、堀田伊豆守の行列は大磯宿を出た。

そして、岩田たち追手は藤沢宿に差し掛かった。

陽は空高く昇り、破れ傘を照らした。

平八郎は、破れ傘で背中の徳松に日陰を作ってやり、小さな宿場を次々と通り抜けた。

千絵は額に汗を滲ませ、懸命について来ていた。その顔には汗と一緒に疲れが浮かんでいた。そして、眠っていた徳松が眼を覚まし、珍しく泣き出した。

平八郎は、四ツ谷《よや》宿の茶店で休息を取る事にした。

千絵は、泣いている徳松の汚れたおむつを替え、乳を含ませた。徳松の機嫌はすぐに直った。平八郎は、井戸端で身体を拭って茶店に戻った。長次と亀吉は、店先の縁台に腰掛けて茶を飲んでいた。

「そろそろ始末をつける時ですか……」

長次は、茶をすすりながら囁いた。

「ええ……」

平八郎は頷いた。

「千絵さまと徳松さまを連れての道中。良くやりましたよ」

長次は笑みを浮かべ、亀吉は頷いた。

「長次さん、亀吉。いざという時は、千絵さんと徳松を連れて堀田伊豆守の行列に駆け込んで下さい」

「お任せを……」

長次は頷いた。

平八郎は、千絵と徳松のいる茶店の奥に入って行った。


破れ傘は日差しに輝いた。

平八郎は徳松を背負い、破れ傘を差して進んだ。千絵は懸命に歩いた。そして、馬《ば》入《にゅう》川の手前の宿場に来た。馬入川を渡ると平塚の宿だ。

堀田伊豆守の行列と逢うのは近い……。

平八郎の直感が囁いた。

「平八郎さん……」

長次と亀吉が、緊張した面持ちで駆け寄って来た。

追手が来た……。

平八郎は知った。

五人の追手が、土埃を巻き上げて駆け寄って来るのが見えた。

「千絵さん……」

千絵は追手を確かめた。

「下屋敷の岩田源一郎と横塚と申す者。残る三人の名は分かりませんが、上屋敷で見た覚えのある顔です」

千絵は震えた。

正室お由利の方と江戸家老の桑原兵庫が放った追手に間違いはない。

「分かりました」

平八郎は、東海道脇の草むらに降りた。千絵と長次、亀吉が続いた。

ようやく追い付いた……。

岩田源一郎は、横塚と三人の横目付を従えて平八郎たちに向かった。

「狙うはお千絵の方と徳松君……」

岩田は横塚たちに命じた。

平八郎は、徳松を降ろす暇もなく破れ傘を差したまま立った。

横塚は、雄叫《おたけ》びをあげて平八郎に斬り掛かった。平八郎は、破れ傘を横塚に投げ付け、刀を横薙《な》ぎに一閃した。刀は光芒《こうぼう》となり、投げ付けられた破れ傘に戸惑った横塚の胸を横一線に斬り裂いた。

行き交う旅人たちが凍てつき、小鳥の囀《さえず》りは消えた。

破れ傘が草むらにふんわりと落ち、横塚が胸から血を撒き散らして倒れた。

岩田と三人の横目付は怯み、思わず後退《あとじさ》りをした。

「千絵さん、徳松を……」

平八郎は、千絵を呼んで背中から徳松を降ろして貰った。長次と亀吉が手伝った。

「平八郎さま……」

千絵は徳松を抱いた。

「伊豆守さまは、おそらくもうそこまできています。徳松を連れて早く……」

「はい」

千絵は、平八郎を見つめて頷いた。

徳松は、声をあげて楽しげに笑った。

「徳松……」

平八郎は微笑んだ。

「じゃあ長次さん、亀吉……」

「承知。さあ、千絵さま……」

長次は、千絵を促して西に走った。亀吉がおむつなどの入った風呂敷包を担いで続いた。平八郎は、切っ先から血の滴《したた》る刀を握り締めて岩田たちの前に立ちはだかった。

岩田たちは平八郎を取り囲んだ。

横目付の一人が、迂回《うかい》して千絵を追い掛けようとした。

刹那、万力鎖《まんりきぐさり》が唸《うな》りをあげて飛来し、追い掛けようとした横目付の脚に絡み付いた。横目付は脚を取られて倒れた。万力鎖は長さ三尺ほどで両端に分銅のついた捕物道具だ。

伊佐吉が草むらから現れ、倒れた横目付を十手で激しく殴り付けた。横目付は、起き上がる暇もなく気を失った。

「親分……」

平八郎は笑った。

「お手伝いしますぜ」

伊佐吉は十手を構えた。

「おのれ……」

岩田たちは焦り、激昂《げっこう》して平八郎と伊佐吉に殺到した。

刀が日差しに煌めいた。

千絵は徳松を抱き、長次に先導されて走った。亀吉が風呂敷包を担いで続いた。

行く手に馬入川が見えた。

馬入川に橋はなく、舟渡しだ。河原には川を渡り終えた大名行列が隊伍を整えていた。そして、金紋先箱に打たれた定紋は、堀田家のものだった。

「お殿さま……」

千絵は顔を輝かせた。

「参りましょう。千絵さま……」

長次は促した。

「はい」

長次は、徳松を抱いた千絵と亀吉を連れて行列に向かって進んだ。

「狼藉者《ろうぜきもの》」

供侍たちが気付き、怒号をあげて長次たちに駆け寄った。大名行列の邪魔をすれば斬り棄てられても文句は云えない。

行列は騒然とし、供侍たちは刀を抜き払って千絵たちに迫った。

長次と亀吉は、千絵と徳松を庇《かば》って身構えた。

「無礼者」

千絵は一喝した。

供侍たちは思わず怯んだ。

「妾は堀田伊豆守さまが側室千絵、これなる赤子は若君徳松さま。無礼は許しませんぞ」

千絵は、毅然《きぜん》たる態度で言い放った。

供侍たちは戸惑った。

「お、お千絵の方さま……」

堀田伊豆守の近習や馬廻りの家来は、千絵に気付いて慌てて平伏した。取り囲んだ供侍たちが続いた。長次と亀吉は、全身の力が抜けて行くのを感じた。

「お千絵、お千絵ではないか……」

堀田伊豆守が、驚いた面持ちで刀番や近習を従えてやって来た。

「お殿さま……」

千絵は、徳松を抱いたままその場に跪《ひざまず》いた。

長次と亀吉が慌てて平伏した。

「何故このようなところに。如何致したのだ」

伊豆守は眉をひそめた。

「はい。江戸上屋敷に若君徳松さまを亡き者にしようとする者どもがおり……」

「徳松を……」

伊豆守は、千絵が抱いている徳松を見つめた。徳松は、伊豆守を見て嬉しげに笑った。

「おお、そなたが徳松か……」

伊豆守は微笑んだ。

「お殿さま、今もその者どもに追われ、矢吹平八郎さまと申されるご浪人が食い止めてくれております。どうか、御助勢を」

千絵は必死に訴えた。

「何処だ」

「長次さん、亀吉さん」

千絵は、平伏している長次たちを促した。

「は、はい。ご案内致します」

長次が喉を引き攣らせた。

「うむ。行け、五十嵐《いがらし》」

伊豆守は、馬廻組頭の五十嵐平蔵《へいぞう》に命じた。

「はっ。案内せい」

「はい。こちらにございます」

長次と亀吉は、伊豆守と千絵に一礼して来た道を走った。

「続け」

馬廻組頭の五十嵐平蔵は、数人の配下を率いて長次と亀吉に続いた。


草が千切れ、小石が跳ね飛んだ。

平八郎と伊佐吉は、岩田たち三人と激しく闘った。

岩田は、己が賭けに負けたのを感じていた。

お千絵の方は、徳松を連れてすでに殿の許に駆け込んだはずだ。

世継を亡き者にしようとした罪は重い。

正室お由利の方は押し込められ、江戸家老の桑原兵庫は切腹を命じられる。そして、栄達を願い、手足となって働いた自分は首を討たれるのに違いない。

賭けに負けた……。

岩田は絶望した。

残る望みは武士として死ぬ事だけだ……。

岩田は、平八郎に必死に斬り掛かった。

平八郎は、岩田が死を覚悟したのに気付いた。

横目付の一人が、平八郎に背後から斬り掛かった。平八郎は僅かに躱し、横目付の伸び切った刀を握る腕を両断した。刀を握る腕は、草むらに叩きつけられて辺りに血を振り撒いた。腕を斬り飛ばされた横目付は、一瞬にして顔を蒼白に変えて昏倒した。

岩田は、平八郎に猛然と斬り付けた。平八郎は斬り結んだ。

刃が音を立てて咬み合い、火花を散らして焦げ臭さを漂わせた。

平八郎は飛び退《の》き、充分な間合いを取って刀を上段に構えた。

誘い……。

平八郎は岩田を誘った。

岩田は、誘いに乗るか乗らぬか。乗った時には……。

平八郎は決めた。

岩田は、微かな笑みを浮かべて平八郎の誘いに乗り、一気に間合いを詰めて鋭く突き掛かってきた。平八郎は、腰を沈めながら真っ向から刀を斬り下ろした。

鈍い音が鳴った。

岩田は、額から一筋の血を滴らせて淋《さび》しげに笑い、横倒しにゆっくりと倒れた。

平八郎は、誘いに乗って来た岩田を哀れみ、その命を一太刀で奪った。それが、平八郎に出来るせめてもの心遣いだった。

平八郎は、吐息を洩らしながら五体の力を抜いた。

伊佐吉と闘っていた残る一人の横目付は、恐怖に後退りをして身を翻《ひるがえ》した。平八郎と伊佐吉は追わなかった。

闘いは終わり、小鳥の囀りが蘇った。

伊佐吉は、全身から汗が噴き出すのを感じた。

平八郎は、刀に拭いを掛けて鞘に納め、絶命している岩田に手を合わせた。

伊佐吉は、長次と亀吉が数人の武士と駆け戻って来るのに気付いた。

「千絵さま、どうやらご無事に伊豆守さまの許に駆け込んだようですぜ」

「ええ……」

平八郎は、長次たちを眩しげに眺めた。

「終わりましたね」

「親分、後をお願い出来ますか……」

「平八郎さん……」

伊佐吉は、怪訝に眉をひそめた。

「お願いします」

平八郎は、微かな笑みを浮かべた。淋しげな笑みだった。

「分かりました」

「じゃあ……」

平八郎は、落ちていた破れ傘を拾い、東海道を江戸に向かった。

伊佐吉は見送った。

平八郎は破れ傘を差し、一人立ち去って行った。破れ傘は日差しを受け、眩しげに輝いていた。

伊佐吉は、平八郎の心の内を僅かに覗いた。

「親分……」

長次と亀吉が、岡部藩馬廻組頭五十嵐平蔵たちと駆け付けて来た。

風が吹き抜け、草むらを揺らした。

岡部藩藩主堀田伊豆守は、正室お由利の方を乱心者として江戸下屋敷に押し込め、江戸家老桑原兵庫に切腹を命じた。そして、徳松を堀田家の世継として公儀に正式な届けを出した。

お千絵の方と徳松は江戸屋敷に戻り、留守居役の平岡主膳は江戸家老となった。

岡部藩のお家騒動は、何事もなかったように密やかに始末された。


口入屋『萬屋』万吉は、一日二朱の日当の他に二両の礼金をくれた。

江戸家老となった平岡主膳は、平八郎に岡部藩への仕官を勧めた。

「仕官……」

「左様。我が殿はお千絵の方さまと儂の話を聞き、おぬしの働きにいたく感銘され、是非とも召し抱えたいと申してな。如何かな」

「ありがたいお話ですが、お断り致します」

平八郎は断った。

「断る……」

平岡は驚いた。

「はい」

「何故にござる。扶持米《ふちまい》も出来る限りの事はしますぞ」

「いえ。扶持米がどうのこうのではございません」

平八郎は苦笑した。

「お千絵の方さまと徳松君のお傍近くにお仕え下されば、お二方がどれほどお喜びになられましょうか……」

平岡は、平八郎を何とか口説《くど》こうとした。

「平岡さま。私は宮仕えより、素浪人として剣の修行をし、気儘《きまま》に暮らすのが性に合っているんです」

平八郎は、仕官話を一笑に付した。

神田明神門前の居酒屋『花《はな》や』は賑わっていた。

平八郎は、伊佐吉、長次、亀吉を招き、仕事を手伝って貰った礼を云って酒を振舞った。

「おりん、酒と食い物をどんどん持って来てくれ」

平八郎は、『花や』の女将のおりんに威勢良く頼んだ。

「あらあら、景気が良いんですね」

おりんは戸惑った。

「うん。給金の良い仕事をしてな。今夜は親分たちに手伝って貰った礼の席だ」

「あら、でしたらうちの溜まった付けも払って下さいな」

おりんはしっかりと念を押し、父親で板前の貞吉《さだきち》のいる板場に入って行った。

「云われるまでもない。さあ、親分、長次さん、亀吉、遠慮なくやってくれ」

平八郎は、伊佐吉たちに酒を勧めて楽しげに飲んだ。

「平八郎さん、岡部藩の仕官話、断ったそうですね」

長次は、平八郎を一瞥して酒を飲んだ。

「長次さん、誰に聞いたんです」

「萬屋の旦那ですよ」

「お喋りな奴だ」

平八郎は苦笑した。

「どうして断ったんですかい」

長次は探る眼差しを向けた。

「うん。私に宮仕えなど似合わぬだろう」

平八郎は己を嘲笑った。

「そりゃあそうだ」

伊佐吉は笑った。

仕官話はこれまでだ……。

伊佐吉と長次は、顔を見合わせて黙り込んだ。

「でも、勿体《もったい》ない話じゃありませんか」

亀吉は残念がった。

伊佐吉と長次は手酌で酒を飲んだ。平八郎が仕官を断った理由は、他にあると思いながら黙って酒を飲んだ。

居酒屋『花や』は、夜が更けると共に常連客で賑わった。

平八郎は、常連客と賑やかに言葉を交わし、楽しげに酒を飲み続けた。

お地蔵長屋の平八郎の家には、破れ傘が大切そうに置かれていた。

平八郎とお千絵や徳松を繋《つな》いだ唯一の証のように……。

第二話　焼き芋

一

雨は再び降り出し、不忍池の水面《みなも》に小さな波紋を無数に広げていた。

平八郎は、不忍池の畔《ほとり》の木陰に佇《たたず》み、雨の降る空を恨めしく見上げていた。

朝、二日間降り続いた雨は止んだ。

金が無くなっていた平八郎は、空腹を抱えて口入屋『萬屋』に駆け付けた。だが、日銭の入る人足仕事や普請場仕事は雨を見越して少なく、それもすでに他人に取られていた。つまり、平八郎は仕事にあぶれ、空腹を満たす金を稼げなかった。

平八郎は落胆し、お地蔵長屋に帰る気にもなれず不忍池にやって来た。そして、畔に腰を降ろし、吐息を洩《も》らしながら水面に遊ぶ水鳥を眺めた。最早、腹の虫も鳴き疲れたのか呻《うめ》きもしない。

飯は一昨日の夜、湯を掛けて食べたのが最後だった。

「人足殺すに刃物はいらぬ、雨の三日も降ればいいか……」

平八郎は、疎覚《うろおぼ》えの言葉を淋しげに呟いた。

居酒屋『花や』のおりんや貞吉に縋《すが》るのは簡単だし、岡っ引の伊佐吉や長次を頼るのも容易だ。だが、それはおりんや伊佐吉たちが、いつもの事だと慣れているからに他ならない。

情けない……。

平八郎は潔《いさぎよ》しとしなかった。

雨は再び降り始めた。

平八郎は、慌てて木陰に逃げ込んだ。そして、恨めしげに雨の降る空を見上げた。

雨は無情に降り続ける。

雨に止む気配はなかった。

平八郎は、不忍池の畔で見つけた古い破れた饅頭《まんじゆう》笠を傘代わりにしてお地蔵長屋に帰る事にした。

雨の降る下谷広小路に行き交う人は少なかった。平八郎は饅頭笠をかざし、連なる店の軒下を小走りに急いだ。

突然、横手の米問屋から十二歳ほどの男の子が平八郎に向かって飛び出して来た。

平八郎は咄嗟《とつさ》に躱《かわ》した。男の子は、そのまま水溜りに倒れ込んだ。米問屋から手代たちが現れた。どうやら、男の子は手代たちに突き飛ばされたようだ。

平八郎は軒下で見守った。

「小僧、うちの旦那に因縁《いんねん》つけて只《ただ》で済むと思っているのか……」

手代は、倒れて雨に打たれている男の子の胸倉を鷲摑《わしづか》みにして怒鳴った。

「煩《うる》せえ。因縁じゃあねえや。本当の事だ」

男の子は必死に怒鳴り返した。

「静かにしな」

手代は、男の子の頰を平手打ちにした。刹那《せつな》、男の子は自分の胸倉を摑む手代の手を振り払った。

鮮血が雨の中に飛び散った。

手代は、悲鳴をあげて男の子から手を離した。男の子は、剃刀《かみそり》を握り締めて立ち上がった。米問屋の手代たちは怯《ひる》み、混乱した。男の子は、素早く身を翻《ひるがえ》して路地に逃げた。平八郎は思わず追った。

「追え、捕まえろ」

「お役人を呼べ」

米問屋の手代たちは叫び、混乱は続いた。

男の子は、狭い路地を野良猫のように逃げた。

平八郎は追った。

男の子は、湯島天神《ゆしまてんじん》裏の女坂《おんなざか》の下に逃げ込んで隠れた。

雨は降り続いた。

平八郎は物陰に潜《ひそ》み、女坂の下に隠れている男の子を見守った。

捕らえて役人に引き渡すか……。

だが、相手は十二歳ほどの子供だ。役人に引き渡すのも可哀想だ。

平八郎は男の子を見つめた。男の子は平八郎に気付いて激しくたじろぎ、憎しみに溢《あふ》れた眼で睨み付けた。

何かを激しく憎んでいる……。

平八郎の直感が囁《ささや》いた。

だが、その憎しみの中には、子供らしい怯《おび》えが潜んでいた。

平八郎は親しげに笑った。

男の子の眼は戸惑いに覆われた。

「米問屋や役人に引き渡したりはしない。出て来るがいい」

平八郎は告げた。男の子は、戸惑いを浮かべたまま平八郎を見つめた。

「もうじき米問屋の者たちが追って来るぞ」

男の子は慌てた。

「さあ、早く出て来い」

男の子は、辺りを窺《うかが》いながら女坂の下から出て来た。

「一緒に来い……」

平八郎は、男の子を連れてお地蔵長屋に急いだ。

雨は次第《しだい》に止んできた。

お地蔵長屋に着いた時、雨は止んだ。

平八郎は、男の子を連れて家に入った。

雨漏りを受けていた鍋は雫《しずく》で溢れていた。

平八郎は着物を脱ぎ、下帯一本になって濡れた身体を拭った。

「お前も濡れた着物を脱いで身体を拭け」

平八郎は、乾いた手拭を男の子に渡した。

男の子は、平八郎に探る眼差しを向けていた。平八郎は苦笑し、手拭を受け取るように促した。

「さあ……」

男の子は黙ったまま手拭を受け取り、懐から巾着と剃刀を出して濡れた着物を脱いだ。そして、古い傷痕《きずあと》と痣《あざ》のある痩《や》せた身体を拭い始めた。

酷い暮らしをしているようだ……。

平八郎は眉をひそめた。

「良く擦って温めろ。もっともあまり擦ると垢《あか》が落ちるから、ほどほどにな」

平八郎は笑った。男の子は釣られたように笑顔を見せた。

「おいら、良吉《りょうきち》。あんたは……」

「私か、私は矢吹平八郎だ」

平八郎は身体を拭いた。腹の虫が鳴いた。しばらく振りの事だった。

良吉は、平八郎を見て苦笑した。

「この雨で人足仕事がなくてな。情けない話だが、昨日から何も食っていない」

平八郎は己を嘲笑《あざわら》った。

「そいつは気の毒に。ちょいと待っていな」

良吉は大人のように苦笑し、濡れた着物を纏《まと》って巾着を手にした。

「おい、待て、良吉。何処に行く」

「火を熾《おこ》しておきな」

良吉は、そう云《い》い残して家から駆け出して行った。

「良吉……火か……」

平八郎は、土間に降りて竈《かまど》に火を熾した。

小さな炎が揺れた。


焼けた唐芋は美味かった。

平八郎と良吉は、湯気の昇る唐芋を食べた。

良吉は、二個の唐芋を買って来て火を熾した竈で焼いた。

「美味いな、焼き芋……」

平八郎は貪《むさぼ》るように食った。空っぽで冷え切っていた胃の腑が温まるのを感じた。

「だろう……」

良吉は鼻を高くした。平八郎は、子供の良吉に空腹を満たして貰った己を少なからず恥じた。

「ところで良吉、米問屋に何しに行ったんだ」

「あそこの旦那が、姉ちゃんを騙したんだ。だからおいら、姉ちゃんに詫び状を書いて、薬代を出してくれって云いに行ったんだ。そうしたら徳兵衛《とくべえ》の奴、子供のくせに因縁をつける気かって……」

「店の者に放り出されたか……」

「ああ。徳兵衛の奴……」

良吉は悔しげに吐き棄《す》てた。

徳兵衛は下谷小路の米問屋の旦那であり、店は『越前屋《えちぜんや》』といった。

「越前屋の徳兵衛が、良吉の姉ちゃんを騙したのか……」

「ああ……」

「何で騙したんだ」

「それは……」

良吉は、云い難そうに言葉を濁した。

障子が西日に照らされた。

「いけねえ。おいら帰らなくちゃあ」

良吉は、生乾きの着物を慌ただしく纏った。

「そうか、帰るか。ご馳走になった。助かったよ」

平八郎は、良吉に頭を下げて礼を述べた。

「おいらこそ助かったぜ。じゃあな」

良吉は、小走りに帰って行った。

平八郎は見送った。

さあて、晩飯をどうするかだ……。

平八郎は、白湯《さゆ》を啜《すす》りながら晩飯の心配を始めた。


陽は熱く照り、鎌倉河岸《かまくらがし》には陽炎《かげろう》が揺れていた。

平八郎は、三日続けて鎌倉河岸の荷揚人足に雇われて働いた。

稼げる金は僅《わず》かだが、日差しを全身に浴びて働く心地良さがあった。

平八郎は、流れる汗を拭い続けた。首筋に吹き出した汗は、いつの間にか塩に変わっていた。

荷揚仕事は夕暮れ近くまで続いた。


夕暮れ時、仕事を終えた職人や人足が往来を行き交い始めた。

平八郎は、豆腐と大根を買ってお地蔵長屋に戻った。

おかみさんたちは、井戸端で賑やかに夕食を作っていた。

「あっ、平八郎さん、お客さんが待っているよ」

おかみさんが教えてくれた。

「お客……」

平八郎は眉をひそめた。

「ああ。それも若い娘。平八郎さんもやるもんだねえ」

「よっ、色男」

「もう、隅に置けないねえ」

おかみさんたちは、口々に平八郎を冷やかして囃《はや》し立てた。

「若い娘……」

平八郎に心当たりはなく、首を捻《ひね》りながら家に向かった。そして、腰高障子を開けた。狭い三和土《たたき》のあがり框《かまち》に、二十歳前後の娘が腰掛けていた。

見覚えのない娘だった。

「あの……」

平八郎は戸惑った。

「矢吹平八郎さまですか」

娘は立ち上がった。

「そうだが、あなたは……」

平八郎は豆腐と大根を流しに置いた。

「私はすみと申しまして、良吉ちゃんの知り合いです」

「良吉の……」

平八郎は不吉な予感を覚えた。

「はい」

おすみは、哀しげに頷いた。

「良吉がどうかしましたか」

「はい。昨日、出掛けたっきり帰らないので、みんなで探していたのですが、昼過ぎに山谷堀《さんや》で……」

「まさか、死んでいたんじゃあ……」

おすみは目頭を押さえた。

平八郎は思わず口走った。

「はい……」

おすみは頷き、涙を零した。

「で、今、良吉は何処に……」

「ご案内します」

おすみは涙を拭った。

「分かりました。すぐに着替えます」

平八郎は、部屋にあがって着替え始めた。


山谷堀は、上野寛永寺の北東、下谷三ノ輪《みわ》町から新吉原《しんよしわら》を抜けて隅田《すみだ》川に続いている掘割である。

良吉の死体は、新吉原に近い田畑の間の山谷堀の縁に引っ掛かっていたという。

平八郎は、おすみの案内で山谷堀近くの新鳥越《しんとりごえ》町の裏長屋に急いだ。

夕陽に照らされた古い裏長屋には、子供たちの啜り泣きが洩れていた。

おすみは、裏長屋の一軒に平八郎を案内した。狭い家の中に良吉の死体は安置され、十四、五歳の娘と三人の子供たちに囲まれていた。

「おなつちゃん、みんな、矢吹平八郎さまですよ」

おすみは、平八郎をおなつと子供たちに紹介した。おなつと三人の子供たちは、良吉から平八郎の事を聞いていたらしく泣き腫《は》らした顔で頭を下げた。

良吉の死に顔は、十二歳ほどの子供らしくあどけなかった。

平八郎は良吉の死体に手を合わせ、その身体を検《あらた》めた。身体には、幾つかの新しい青痣が残されていた。

殴打されている……。

そして、首に絞められた細い痕跡が微《かす》かにあった。

良吉は何者かに殴打され、首を絞めて殺されて山谷堀に投げ込まれた。

平八郎はそう睨んだ。

誰だ。誰が十二歳ほどの子供にそのような非道な真似をしたのだ……。

平八郎は、激しい怒りに突き上げられた。

良吉、お前の仇は必ず討ち果たす……。

平八郎は良吉に誓った。

「誰が良吉をこんな目に遭わせたのか知っているか」

平八郎は、おなつと子供たちに訊いた。

「いいえ……」

おなつは哀しげに俯《うつむ》き、子供たちは首を横に振った。

「知らぬか。おすみさん……」

平八郎は、おすみを外に促した。

「はい……」

おすみは頷き、平八郎に続いて外に出た。

古い裏長屋の裏手には、山谷堀の流れが月明かりに輝いていた。

「詳しい事を教えてくれ……」

平八郎は、家の中の子供たちを示した。

「良吉ちゃんやおなつちゃんたちは、親に虐《しいた》げられて逃げ出して来た子供なんです」

おすみは眉をひそめた。

「親に虐げられた子供……」

「はい。殴られたり蹴られたり、ご飯を食べさせて貰えなかったり……」

平八郎は、良吉の身体に残されていた古い傷痕や痣を思い出した。

良吉とおなつたちは、親に虐待《ぎやくたい》されて巷《ちまた》に逃げ出して来た子供たちだった。

「じゃあ、良吉とおなつたちは、赤の他人でありながらこの長屋で身を寄せ合って暮らしているのか……」

「はい。この長屋の大家は私の父でして、子供たちが可哀想だと住まわせているのです」

おすみは告げた。

「そうだったのか……」

おすみの父親である大家の仁左衛門《にざえもん》は、親に虐げられた子供たちを哀れんで、己の管理する長屋に只で住まわせた。そして、娘のおすみは時々訪れて世話をしていた。良吉は賢い子供であり、新鳥越町の自身番やお店の使い走りをして、僅かな駄賃を稼いでいた。

「矢吹さまの事は、昨日良吉ちゃんに聞いたんです。良吉ちゃん、助けてくれたとってもいい人で、知り合いになれて良かったと……」

「助けて貰ったのは私の方だ」

「矢吹さまが……」

おすみは戸惑った。

「うん。腹を減らしていた私に焼き芋をご馳走してくれてね」

「焼き芋ですか……」

「うん。私は良吉に焼き芋をご馳走になった恩義がある。良吉を殺《あや》めた者を必ず見つけ出して討ち果たしてくれる」

「良吉ちゃんの恨み、晴らしてやって下さい」

おすみは、平八郎に深々と頭を下げた。

「ところでおすみさん、良吉は下谷の米問屋越前屋の旦那が姉ちゃんを騙したと云っていたが、姉ちゃんとはおなつの事かな」

「はい……」

おすみは強張った面持ちで頷いた。

「おなつが騙された一件、何か知っているね」

「それは……」

おすみは口籠《くちごも》った。

「知っているなら教えてくれ」

「越前屋の旦那、おなつちゃんにいい仕事があると呼び出し、裸にして弄《もてあそ》んだそうです」

おすみは、悔しげに唇を噛み締めた。

「外道の所業だな……」

平八郎は、あまりの非道さに言葉を失った。

「おなつちゃん、まだ十四歳の子供だってのに酷い真似をします」

子供を虐げる親と玩具《おもちゃ》にする馬鹿な大人。

許せん……。

平八郎は怒りを露《あら》わにした。

「それで、土地の岡っ引は、良吉が死んだ事を何と云っているんです」

「足を滑らせて山谷堀に落ち、溺れ死んだのだろうと……」

「岡っ引、何て名前です」

岡っ引は、無能なのかやる気がないのかの、どちらかだ。

「今戸《いまど》の米造《よねぞう》って親分です」

「今戸の米造……」

真っ当な岡っ引じゃあない……。

平八郎は、溢れる怒りを懸命に抑えた。

おすみの父親で大家の仁左衛門が、坊主を連れて来た。

坊主の読経《どきょう》が響き、良吉の弔《とむら》いが始まった。

おなつと子供たち、おすみと仁左衛門、そして平八郎と長屋の住人たちが手を合わせた。

坊主の経が終わり、良吉の死体は棺桶に納められた。平八郎は、棺桶を背負って寺の墓地に向かった。

良吉の遺体を納めた棺桶は、驚くほどに軽かった。

大川は滔々《とうとう》と流れている。

平八郎は、浅草駒形の老舗鰻屋『駒形鰻』を訪れた。

「いらっしゃいませ」

平八郎は、小女のおかよの威勢のいい声に迎えられ、女将で伊佐吉の母親のおとよの案内で伊佐吉の部屋に通った。

「どうしました」

伊佐吉は、笑顔で平八郎を迎えた。

「うん。実はな親分……」

平八郎は、伊佐吉に良吉の一件を告げた。

「そいつはどう見ても、殺しなんですね」

伊佐吉は眉をひそめた。

「うん。首に絞めた痕があった。間違いない」

「そうですか……」

「親分、今戸の米造、どんな岡っ引だ」

「金に目のねえ岡っ引だと専《もっぱ》らの噂ですよ」

「やはり、そんな奴か……」

「ええ。で、どうする気ですか」

「決まっている。私には焼き芋をご馳走になった恩義がある。手に掛けた外道を見つけ出し、良吉の恨みを必ず晴らしてやる」

平八郎は云い放った。

「分かりました。じゃあ、あっしは今戸の米造に当たってみましょう」

「すまんな。私は良吉の足取りと越前屋の徳兵衛を探ってみる」

平八郎は、『駒形鰻』を後にして下谷の米問屋『越前屋』に向かった。


浅草駒形町から下谷に行くには、東本願寺《ひがしほんがんじ》前から寺が連なる新寺町《しんてらまち》を抜けて上野寛永寺の東に出るのが近い。

米問屋『越前屋』は、下谷広小路の北大門町《きただいもんちょう》にあった。

米問屋『越前屋』の表では、人足たちが大八車に米俵を積んでいた。

平八郎は、物陰から『越前屋』の様子を窺った。

「平八郎さん……」

長次が背後に現れた。

「長次さん……」

「事情は親分に聞きました。あっしもお手伝いしますよ」

長次は、『越前屋』の周囲を見廻した。

「ありがたい。助かります」

平八郎は喜んだ。

「越前屋、なかなかの繁盛《はんじょう》ですね」

「だが、主は年端もいかない可哀想な娘を玩具にする狒々《ひひ》親父です。裏でどんな真似をしているのやら」

平八郎は吐き棄てた。

「随分、嫌いましたね」

長次は苦笑した。

「当たり前です」

平八郎は、その眼に涙を滲《にじ》ませて怒りを露わにした。

長次は、平八郎の怒りの裏に哀しさが秘められているのを知った。

二

浅草今戸町は駒形町から近い。

伊佐吉は、下っ引の亀吉を連れて隅田川沿いの道を進んだ。浅草花川戸《はなかわど》町から山谷堀を渡ると今戸町になる。伊佐吉と亀吉は、今戸町の一角にある岡っ引の今戸の米造の家に向かった。

今戸の米造は、良吉を殺めた奴から金を貰って事件を揉み消したのかもしれない。

伊佐吉は、米造に誘いを掛けてみる事にした。

「親分、あっしはどうします」

亀吉は、辺りを窺いながら伊佐吉に尋ねた。

「そうだな……」

伊佐吉が訪れた後、今戸の米造がどうするか分からない。もし、出掛けた時には、尾行する必要があるかもしれない。その時の為には、顔は合わせないでいた方がいい。

亀吉は、その辺の事を踏まえて伊佐吉に訊いた。

「外で待っていてくれ」

「承知しました」

亀吉は頷いた。

やがて、板塀に囲まれた仕舞屋《しもた》の前に出た。岡っ引の米造の家だった。

「じゃあな……」

「お気をつけて……」

伊佐吉は、亀吉を残して米造の家に向かった。亀吉は、斜向《はす》かいの路地に潜んだ。

伊佐吉は木戸を潜り、板塀の内に入って行った。


「こりゃあ、駒形の親分さん……」

米造の下っ引の紋次《もんじ》が応対に現れた。

「今戸の親分さん、おいでになるかい」

「へい」

「紋次、何方《どなた》だい」

家の奥から米造の声が響いた。

「へい。駒形の伊佐吉親分さんです」

「おう、珍しいな。あがって貰いな」

「どうぞ……」

伊佐吉は、米造の家にあがった。

米造の女房が茶を差し出した。

「どうぞ……」

「おかみさん、造作を掛けますね」

伊佐吉は、米造の女房に礼を述べて茶を啜った。

「で、駒形の。何の用だい」

今戸の米造は、赤ら顔に笑みを浮かべて伊佐吉の顔を覗き込んだ。笑みは、探る眼差しを隠す狡猾《こうかつ》なものだった。

「昨日、新鳥越に住んでいた良吉って子供が、山谷堀に死体で浮かんだと聞きましたが……」

伊佐吉は、米造の反応を窺った。

「ああ。足を滑らせて山谷堀に落ちて溺れたようだ。雨が降り続いて水が増え、流れも速かったので這い上がれなかったんだろうな。良吉、知り合いだったのかい」

米造は眉をひそめた。

「ええ。ちょいと……」

「そうかい。そりゃあ気の毒だったな」

「親分。良吉は殺されたんじゃあないでしょうね……」

伊佐吉は声を潜めた。

「なに……」

米造の眼が陰険に光った。

伊佐吉は、米造を見据えた。

「駒形の。俺の見立てが間違っているってのか……」

米造は、伊佐吉を睨み付けた。

「いえ。そう疑っている八丁堀《はっちょうぼり》の旦那がいましてね」

伊佐吉は小さく笑った。

「八丁堀の旦那だと……」

米造は僅かに狼狽《ろうばい》した。

「ええ……」

「何方だい。疑っているのは……」

「南町の高村の旦那でして……」

伊佐吉は、自分に手札をくれている南町奉行所定町廻り同心の高村源吾の名前を出した。

高村は、自分を信用してくれているし、平八郎とも親しい間柄だ。それになんといっても、高村自身、良吉の死を検めた平八郎の言葉を聞けば放ってはおかぬはずだ。

「高村の旦那……」

「ええ……」

「そうか、高村の旦那が疑っているのかい」

米造は微《かす》かな苛立《いらだ》ちを滲《しら》ませた。

「ま。詳しい見立てをお報せすれば、旦那も納得されるんでしょうがね」

「ああ、そんな事は分かっているさ」

米造は吐き棄てた。

潮時だ……。

「親分、余計な事を報せちまったのかも知れねえが、早い方が良かれと思いましてね。じゃあご免なすって」

伊佐吉は、紋次に見送られて米造の家を後にした。

伊佐吉は、亀吉のいる斜向かいの路地に入った。

「どうでした」

「おそらく動くぜ」

伊佐吉は苦笑した。

「じゃあ……」

亀吉は身を乗り出した。

「ああ。良吉殺しに何らかの関わりがある」

伊佐吉は断言し、亀吉と共に米造の家を見張り始めた。

米問屋『越前屋』の徳兵衛は、先代の時からいる老番頭に商いを殆《ほとん》ど任せ、店には滅多に出て来なかった。

徳兵衛がどんな奴か顔が見たい……。

平八郎は、長次と一緒に張り込みを続けた。

昼下がり、小僧が町駕籠《かご》を呼んで来た。

「平八郎さん……」

「ええ……」

小僧は、町駕籠を裏手に連れて行った。

平八郎と長次は、裏手の見える処に移動した。

裏木戸から肥《ふと》った中年男が現れ、町駕籠に乗った。肥った中年男は、老番頭と小僧に見送られて出掛けた。

「徳兵衛かな」

「間違いありませんよ。追いましょう」

平八郎と長次は尾行を開始した。

徳兵衛を乗せた町駕籠は、軋《きし》みを鳴らしながら下谷広小路に向かった。

下谷広小路は賑わっていた。

徳兵衛を乗せた町駕籠は、広小路の賑わいを抜けて浅草に向かった。

平八郎と長次は追った。


今戸の米造が、下っ引の紋次を従えて家から出て来た。

「動きますぜ」

「ああ……」

伊佐吉と亀吉は、米造と紋次を見守った。

米造は、辺りを油断なく見廻して隅田川沿いの道を浅草広小路に向かった。

「じゃあ親分、お先に……」

「気をつけてな」

「はい」

亀吉は追った。そして、伊佐吉が充分な間を取って続いた。

米問屋『越前屋』徳兵衛を乗せた町駕籠は、下谷から浅草に抜けて吾妻橋を渡った。

「向島《むこうじま》かな」

平八郎は追った。

「ええ……」

吾妻橋を渡った町駕籠は、睨み通りに隅田川沿いを向島に進んだ。そして、常陸国《ひたち》水戸《みと》藩江戸下屋敷や三囲《みめぐり》神社の前を通り、桜餅で名高い長命寺《ちようめい》の手前の小川沿いの道に入った。

緑の田畑が広がり、寺や百姓家、そして大店の寮などが点在している。

徳兵衛の乗った町駕籠は、小川沿いに建っている寮の前に停まった。

平八郎と長次は、木立の陰に身を潜めた。

町駕籠から徳兵衛が降り、垣根で囲まれた寮に入った。

平八郎と長次は見届けた。

「越前屋の寮かな……」

平八郎は首を捻った。

「あっしはひと廻りして来ます」

長次は、寮の周囲の様子を窺いに行った。

平八郎は、木立の陰に潜んで徳兵衛が入った寮の監視を始めた。


浅草広小路は賑わっていた。

今戸の米造と紋次は、広小路の片隅にある口入屋『大黒屋《だいこくや》』の暖簾《のれん》を潜った。

「口入屋大黒屋……」

伊佐吉は眉をひそめた。

「割と繁盛している口入屋ですよ」

亀吉は『大黒屋』を知っていた。

口入屋『大黒屋』は、平八郎が出入りしている『萬屋』とは違い、店構えも大きく、番頭や手代を使って手広くやっていた。

米造と紋次は、口入屋『大黒屋』に入ってなかなか出て来なかった。

今戸の米造が伊佐吉の誘いに乗って動いたとしたのなら、口入屋『大黒屋』も良吉殺しに何らかの関わりがあるのだ。

「大黒屋、どんな口入屋なんだい」

「別に悪い噂は聞いちゃあいませんが……」

亀吉は首を捻った。

「じゃあ旦那は……」

「はあ。勝五郎《かつごろう》って名前ですが。ちょいと聞き込んで来ます」

「そうしてくれ」

「はい」

亀吉は聞き込みに走った。

中年の女が、十四、五歳の娘を連れて『大黒屋』にやって来た。十四、五歳の娘は、怯えを滲ませて『大黒屋』に入るのを躊躇《ためら》った。

「何をしているんだい。さっさとしな」

中年の女は、躊躇う娘の手を引いて『大黒屋』に連れ込んだ。

奉公に出るのを嫌がっている娘……。

伊佐吉はそう見て苦笑した。

僅かな時が過ぎ、米造と紋次が初老の男に見送られて出て来た。

「じゃあ親分、何分にもよろしく……」

初老の男は米造に笑い掛けた。

「ああ。旦那も気を付けるんだな」

米造は、紋次を連れて広小路から蔵前《くらまえ》通りに向かった。

初老の男は、口入屋『大黒屋』の主・勝五郎だった。

勝五郎は、米造たちを見送って店に戻った。

伊佐吉は、米造を追うかこのまま『大黒屋』を見張るか迷った。

口入屋『大黒屋』……。

伊佐吉の勘は、『大黒屋』を選んだ。

向島の田畑の緑は風に揺れていた。

米問屋『越前屋』徳兵衛は、寮に入ったままだった。寮には時折り下男が出入りするだけで、訪れる者はいなかった。

平八郎は寮の監視を続けた。

長次が戻って来た。

「何か分かりましたか……」

「ええ。この寮は越前屋のものでしてね。旦那の徳兵衛が時々来ているそうですよ」

「何をしに来ているかですね」

「そいつが良く分からないのですが、夜、時々女の子の泣き声が聞こえる事があるそうですよ」

長次は、寮に厳しい眼を向けた。

「女の子の泣き声……」

平八郎は眉をひそめた。

「ええ……」

「それは、徳兵衛が来ている時ですか」

「そこがはっきりしないんですがね。徳兵衛が来ている時だとしたら……」

長次は平八郎を窺った。

「今夜、聞こえるかもしれませんか……」

平八郎は、厳しい面持ちになった。

「ええ……」

長次は頷いた。

徳兵衛は、時折り寮で子供のような娘を弄んでいるのだ。

「平八郎さん、おなつって娘も此処《ここ》に連れて来られたんですかね」

「きっと……」

「その辺、詳しくは……」

「やはり、訊くしかありませんか……」

平八郎は、弄ばれて傷付いた挙句《あげく》、良吉を殺されて哀しむおなつに訊く事は出来なかった。

「出来るものなら……」

長次は、平八郎の気持ちを察して遠慮がちに頷いた。

「分かりました。これから行って来ます」

子供のような娘が来るとしたなら、おそらく夜だ。

それまでに戻ってくればいい……。

平八郎は決めた。

おなつのいる浅草新鳥越町は、隅田川を挟んだ対岸にある。

向島から新鳥越町に行くには、寺島《てらじま》村から浅草橋場《はしば》町に行く渡し舟で隅田川を横断すれば近い。

平八郎は、寺島村の船着場に走った。

隅田川を吹き抜けた川風が、平八郎の鬢《びん》のほつれを揺らした。

浅草広小路の賑わいは続いていた。

伊佐吉は、口入屋『大黒屋』を見張り続けた。亀吉が、聞き込みから戻って来た。

「親分、大黒屋の勝五郎、あまり評判の良い野郎じゃありませんね」

亀吉は、眉をひそめて囁いた。

「何か分かったのか」

「はい。勝五郎の大黒屋は、日雇いの人足から大名旗本の渡り中間や妾《めかけ》奉公まで手広く口入れをしていましてね。若い者を何人も抱えて。裏じゃあ渡世人の一家と同じだと……」

「渡世人の一家……」

「ええ。それからこいつは噂ですが、渡り中間で行った先の旗本の殿さまや奥方さまたちの秘密を探り出し、強請《ゆす》り紛《まが》いの事もしているとか……」

「忙しい野郎だな」

伊佐吉は苦笑した。

遊び人風の男が、口入屋『大黒屋』から出て来て小走りに吾妻橋に向かった。

「尾行《つけ》てみますか」

「頼む」

亀吉は、身軽に遊び人風の男を追った。

伊佐吉は、口入屋『大黒屋』の監視を続けた。

中年の女と十四、五歳の少女が、『大黒屋』から番頭に送られて出て来た。

「とにかく今夜は止めだ。報せを待っているんだな」

「そりゃあもう、前金を戴いておりますのでいつでも声を掛けて下さいな」

中年の女は、番頭に愛想笑いをして何度も頭を下げた。

「ああ。じゃあな」

「はい。旦那さまによろしくお伝え下さい」

中年の女は、『大黒屋』に戻る番頭を見送った。

「さあ、帰るよ」

中年の女は、項垂《うなだ》れている少女を促して広小路に向かった。少女は、哀しげに項垂れて続いた。

伊佐吉は、眉をひそめて見送った。

中年の女と十四、五歳の少女は、広小路の雑踏に入って行った。そして、時が僅かに過ぎ、吾妻橋の袂《たもと》から女の悲鳴があがった。

伊佐吉は走った。

「退け、退いてくれ」

伊佐吉は、吾妻橋の袂に集まって隅田川を覗き込んでいる人々をかき分けて進んだ。人々の中に顔見知りの橋番の親父がいた。

「どうした。父っつぁん」

「こりゃあ伊佐吉親分。身投げです」

橋番の親父は、隅田川を流されていく十四、五歳の少女を指差した。

「おゆき、おゆき……」

中年の女が、流されて行く少女に向かって半狂乱で叫んでいた。

「父っつぁん、舟を出してくれ」

「へ、へい」

橋番の親父は、慌てて船着場に走った。

伊佐吉は羽織を脱ぎ、流されて行くおゆきを追って隅田川に飛び込んだ。

おゆきは、己の行く末に絶望して身を投げた。伊佐吉は、咄嗟にそう睨んだ。

死なせてたまるか……。

伊佐吉は猛然と泳いだ。


浅草新鳥越町の裏長屋は静けさに包まれていた。

平八郎は、渡し舟で隅田川を渡って浅草橋場に着き、寺町を抜けて新鳥越町の裏長屋に来た。

おなつと子供たちは、僅かな手間賃の内職に励んでいた。

「あっ、矢吹さま……」

おなつは、平八郎を慌てて迎えた。

「やあ……」

平八郎は、途中で買って来た団子をおなつに差し出した。

「団子を買って来た。良吉に供えてからみんなで食べてくれ」

「ありがとうございます」

おなつは、蒼白い顔をほころばせて団子を受け取った。平八郎は、祀《まつ》られている良吉の白木の位牌に手を合わせた。

おなつは、湯呑茶碗に白湯を満たした。

「すみません。お茶がなくて……」

「いや。戴くよ」

白湯は、おなつたち子供に出来る平八郎への精一杯のもてなしだった。平八郎は白湯を啜った。白湯は平八郎の五体に温かく染み渡った。

「それで矢吹さま、何か……」

おなつは、平八郎に蒼白い顔を向けた。

「う、うん……」

平八郎は躊躇った。

「いや。何か困った事はないかと思ってな」

平八郎は、おなつの忘れたがっている事を蒸し返すのを躊躇った。

「はい、大家さんやおすみ姉さんがいてくれますから……」

「そうか。そうだな……」

平八郎は頷いた。

おすみだ……。

平八郎は、おすみを頼ることにした。

大家の仁左衛門の家は、裏長屋の近くにあった。

平八郎は訪れ、おすみを呼び出した。

「おなつちゃん、どうして酷い目に遭わされたかですか……」

おすみは眉をひそめた。

「ええ。何か知らないかな……」

「何かと仰られても……」

おすみは困惑した。

「たとえば、おなつはどうして越前屋の徳兵衛の相手をしたのか」

「それはきっと、口入屋さんか誰かに周旋して貰ったのではないでしょうか」

「口入屋……」

「はい。おなつちゃん、大店の下働きや子守の仕事を口入屋さんに周旋して貰っていましたから……」

「何処の口入屋ですか」

「浅草広小路にある大黒屋って口入屋さんです」

「大黒屋……」

平八郎は眉をひそめた。

「はい。越前屋の下働きか小間使いとして雇われ、徳兵衛の相手をさせられたんじゃあないでしょうか……」

おすみは、おなつと徳兵衛の関わりを読んでみせた。

おそらく、おすみの読みに間違いはないのだろう。

平八郎は頷いた。

「で、何処で酷い目に遭ったのか……」

「そこまでは……」

おすみは首を捻った。

「おすみさん、おなつが何処で誰にどうして酷い目に遭わされたのかはっきりさせて、良吉殺しの下手人を捕らえる。そうしなければ、おなつの傷が癒《い》えるはずはなく、いつまでも怯えて暮らさなければならない……」

平八郎はおなつを哀れんだ。

「矢吹さま……」

「おなつが立ち直らなければ、良吉は浮かばれません」

平八郎はおすみには無論、己にも云い聞かせるように云った。

「矢吹さま……」

「男の私には話し難い事もあろう。おすみさん、それとなく訊いてはくれないか」

おすみは、平八郎の優しさと辛さを知った。

「分かりました。私、おなつちゃんに訊いてみます」

おすみは微笑んだ。

「おすみさん……」

「殺された良吉ちゃんと、おなつちゃん自身の為に……」

おすみは約束した。

「そうして貰えると助かる……」

平八郎は、思わずおすみに頭を下げた。

三

陽は西に傾いた。

亀吉は、向島の土手道を行く遊び人風の男の尾行を続けていた。

遊び人風の男は、長命寺の手前を流れる小川沿いの小道を曲がった。そして、大店の寮と思われる家に入った。

亀吉は見届けた。

「ここは越前屋の寮だ」

長次が背後に現れた。

「長次さん……」

亀吉は驚いた。

「今、旦那の徳兵衛が来ている」

「徳兵衛が……」

亀吉は眉をひそめた。

「ああ。で、野郎は何者だ」

「はい。大黒屋って口入屋の若い者です」

「口入屋の大黒屋って浅草広小路のか……」

長次は、大黒屋を知っていた。

「はい」

「経緯を聞かせて貰おうか」

「伊佐吉親分が、ちょいと今戸の米造親分を突《つっ》いたんです。そうしたら、米造親分が大黒屋に行きましてね」

「そして、出て来た野郎を追って来たのか」

長次は寮を一瞥《いちべつ》した。

「はい。野郎、越前屋の徳兵衛に逢いに来たのなら、大黒屋の勝五郎と徳兵衛、繋がっているのかも知れませんね」

亀吉は睨んだ。

「きっとな……」

長次は頷いた。

陽は沈み始め、緑の田畑を照らした。


老舗鰻屋『駒形鰻』は、蒲焼の匂いが満ち溢れていた。

奥の部屋でおゆきは眠り続けた。

伊佐吉は、隅田川に身を投げたおゆきを助けた。そして、橋番の親父の操る猪牙舟におゆきを引き上げ、近くの竹町之渡《たけちょうのわたし》に向かった。竹町之渡から駒形町は近い。伊佐吉はおゆきを『駒形鰻』に運び、医者を呼んだ。

医者が駆け付け、おゆきは辛うじて命を取り留めた。

『駒形鰻』の女将で伊佐吉の母親のおとよは、小女のおかよにおゆきの世話をさせた。

おかよは、おゆきと同じ年頃であり、親身になって世話をした。

おゆきの母親と思われる中年女は、『駒形鰻』にやって来なかった。おそらく、おゆきを助けたのが岡っ引だと知り、詳しい事情を聞かれるのを恐れたのかも知れない。

おゆきは、母親に身体を売るように命じられている……。

伊佐吉はおゆきを哀れんだ。

向島は夕暮れに包まれた。

口入屋『大黒屋』の若い者は、米問屋『越前屋』の寮から足早に帰って行った。

「じゃあ長次さん」

「うん。気を付けるんだぜ」

「はい。ご免なすって……」

亀吉は、若い者を追って小川沿いの小道を隅田川に向かって去った。

米問屋『越前屋』の寮に明かりが灯《とも》り、長次の潜む木陰は夜の闇に沈んだ。

「長次さん……」

平八郎が戻って来た。

「ご苦労さまでした」

平八郎は長次の傍に潜んだ。

「如何《いかが》でした」

「ええ。いろいろ分かりました。おなつは浅草広小路の口入屋の周旋で越前屋に行き、訳が分からない内に此処に連れて来られたそうです」

おなつはおすみに訊かれ、殺された良吉の為に何もかも話した。

「やはりね……」

「ええ……」

「口入屋、浅草広小路の大黒屋ですか……」

「えっ……」

平八郎は戸惑った。

「さっき、亀吉が大黒屋の若い者を追って来ましてね」

「大黒屋の若い者ですか」

平八郎は眉をひそめた。

長次は、亀吉から聞いた伊佐吉の動きを教えた。

「成る程、そういう事ですか……」

小川沿いの小道に明かりが浮かび、駕籠舁《かき》の掛け声と共に近づいて来た。

「若い娘ですかね」

平八郎は緊張した。

「いいえ。きっと徳兵衛の迎え駕籠ですよ」

「迎え駕籠……」

平八郎は、長次に怪訝な眼差しを向けた。

「ええ……」

長次は、苦笑を浮かべて頷いた。

町駕籠は、小田原提灯を揺らして寮の前に停まった。そして、駕籠舁の先棒が寮に声を掛けた。徳兵衛が現れ、憮然とした面持ちで町駕籠に乗った。寮の留守番の下男夫婦が、深々と頭を下げて見送った。

徳兵衛を乗せた町駕籠は、提灯を揺らして小川沿いの小道を隅田川に向かった。おそらく下谷の米問屋『越前屋』に帰るのだ。

「さあて、あっしたちも戻りますか」

「ええ……」

木陰を出た長次と平八郎は、町駕籠の明かりを見据えて隅田川に向かった。

「長次さん、徳兵衛は何しに寮に来たのかな」

「そりゃあ勿論、若い娘と遊ぶ為でしょう。ですが、親分が今戸の米造にそれとなく脅しを掛けた。米造はすぐに大黒屋の勝五郎に報せた。親分たちが良吉の一件を探り始めたから、しばらく大人しくしていろとね」

「それで、今夜は若い娘を送れないと、若い者を走らせましたか……」

「きっとね……」

長次は嘲笑った。

おそらく長次の睨み通りだろう……。

徳兵衛は、下谷の米問屋『越前屋』に帰った。

平八郎と長次は見張りを打ち切り、下谷から神田明神門前の居酒屋『花や』に向かった。

居酒屋『花や』は賑わっていた。

平八郎と長次が暖簾を潜った。

「いらっしゃい」

おりんが迎えてくれた。

「駒形の親分さん、お待ち兼ねですよ」

おりんは、店の奥の小座敷を示した。

平八郎と長次は酒を頼み、奥の小座敷に向かった。小座敷には伊佐吉と亀吉がいた。

「やあ、ご苦労さまでした……」

亀吉は、平八郎と長次に猪口を渡し、酒を満たした。

「大黒屋の勝五郎の事、聞きましたよ」

長次は酒を飲んだ。

「勝五郎の野郎、手広く隠し売女《ばいた》の口利きもしていやがる」

伊佐吉は吐き棄て、平八郎と長次におゆきの一件を話した。

「実の母親が、年端もいかない娘を……」

平八郎は呆れ、怒り、淋しさを覚えた。

「それで、良吉を殺めた野郎ですがね」

伊佐吉は話題を変えた。

米問屋『越前屋』徳兵衛と口入屋『大黒屋』勝五郎……。

徳兵衛は、良吉がおなつを弄んだ自分を憎み、年端もいかない娘を慰み者にした事をお上に訴え出るのを恐れた。たとえお定めに触れなくても、世間は後ろ指を差して囁き合い、外道と嘲笑する。

身の破滅だ……。

徳兵衛はそうなるのを恐れ、良吉を殺して山谷堀に棄てた。

「あるいは、大黒屋の勝五郎……」

徳兵衛から良吉の存在を報された勝五郎は、隠し売女の一件がお上に知れるのを心配した。心配は募《つの》り、良吉の口を封じた。

平八郎と伊佐吉は、徳兵衛と勝五郎の良吉を殺す理由を読んだ。

「それとも二人が連《つる》んで殺ったのか……」

長次は手酌で酒を飲んだ。

「うん……」

平八郎は酒を呷《あお》った。

「お揃いだな……」

南町奉行所定町廻り同心の高村源吾があがって来た。

「こりゃあ高村の旦那……」

亀吉が慌てて高村の座を作った。

「すまねえな……」

高村は座り、伊佐吉の酌を受けて酒を飲んだ。

「旦那、わざわざのお出まし、何か……」

伊佐吉は戸惑いをみせた。

「伊佐吉、今戸の米造が来たぜ」

「米造が……」

今戸の米造は、口入屋『大黒屋』勝五郎を訪れた後、南町奉行所に行ったのだ。

「ああ。あっしは関わりはないとか何とか云ってな」

「それで旦那は……」

「関わりがねえなら、わざわざ来るまでもねえだろうと追い返したが、何の事だい」

「実は……」

伊佐吉は、高村に事の次第を話した。

「成る程、米造の野郎、大黒屋の勝五郎から金を貰っていやがるな」

高村は苦笑した。

「で、如何致しましょう」

伊佐吉は高村を窺った。

平八郎は緊張した。

町奉行所同心の高村が乗り出せば、良吉の恨みを晴らすのが難しくなる。

「伊佐吉、俺は盆暗《ぼんくら》を決め込む。好きにするんだな」

「いいんですかい……」

「ああ。俺たち町奉行所の役人は、生かして捕らえるのが役目だ。俺が口出しすると、良吉の仇を討って恨みは晴らせねえ。そうだろう、平八郎さん」

高村は、平八郎に笑顔を向けた。

「かたじけない」

平八郎は喜び、高村に頭を下げた。

「なあに礼には及ばねえ。それにしても実の親に虐げられる子供か……」

高村は、眉をひそめて酒を啜った。

「ええ。何とかしてやりたいものです」

平八郎は、淋しげな吐息を洩らした。

良吉を殺めたのは、米問屋『越前屋』の徳兵衛か口入屋『大黒屋』勝五郎のどちらかか、結託しての事なのか……。

平八郎と伊佐吉は、徳兵衛と勝五郎を手分けして見張った。

米問屋『越前屋』には、米俵を積んだ大八車が威勢良く出入りしていた。

平八郎と長次は、『越前屋』の表と横手が見通せる蕎麦屋の二階を借りて見張りを始めた。だが、徳兵衛は、『越前屋』に籠もったまま動かなかった。

おそらく、岡っ引が動いていると勝五郎から報され、身を潜めてほとぼりが冷めるのを待っているのだ。

平八郎と長次は、徳兵衛が動くのを辛抱強く待つしかなかった。

浅草広小路の口入屋『大黒屋』は、相変わらずの繁盛を見せていた。

伊佐吉と亀吉は、『大黒屋』を見張って勝五郎の様子を窺った。

勝五郎は店を番頭に任せ、若い者や用心棒の浪人を従えて出歩いていた。

伊佐吉と亀吉は尾行廻した。

勝五郎は、貧乏旗本の屋敷や貧乏寺に賭場を開き、渡世人紛いの事をしていた。

「隠し売女に賭場。口入屋の旦那が聞いて呆れますよ」

亀吉は吐き棄てた。

「うん。だが、肝心な良吉殺しの証拠は何もない」

伊佐吉は、苛立ちを覚えずにはいられなかった。


米問屋『越前屋』に変わりはなく、徳兵衛は動かない。

このままでは埒《らち》が明かない……。

平八郎は思いを巡らせた。

徳兵衛を勝五郎と逢わせれば、何か新しい事実が浮かぶかも知れない。

平八郎は長次に相談した。

「そいつは面白いですが、どうやって徳兵衛と勝五郎を逢わせるかですね」

長次は眉をひそめた。

「ええ……」

平八郎は、徳兵衛と勝五郎を動かす手立てを考えた。そして、一つの手立てに辿り着いた。

昼下がり。

米問屋『越前屋』は、米俵の到着や配達も終わり、客も途絶えていた。

「邪魔をする」

浪人が、日差しを背にして『越前屋』の暖簾を潜って来た。

「おいでなさいまし」

帳場にいた番頭と手代が浪人を迎えた。

浪人は、帳場のあがり框に腰掛けた。そして、無精髭を伸ばした顔に冷笑を浮かべた。浪人は平八郎だった。

「あの……」

手代は、平八郎に胡散《うさん》臭げな眼差しを向けた。

「旦那はいるか」

「旦那さまにございますか」

「ああ。徳兵衛だ……」

平八郎は云い放った。

手代は、困惑した眼を番頭に向けた。

平八郎は、店内を値踏みするように見廻し、決して上手くない芝居を続けた。

「あの、失礼ですが、どちらさまにございましょうか」

番頭が出て来た。

「俺か、俺は良吉の知り合いだ」

「良吉……」

番頭と手代は、微かな狼狽《ろうばい》を浮かべた。

「ああ。お前さんたちは以前、良吉を可愛がってくれたそうだな」

平八郎は、薄笑いを浮かべて番頭と手代を見据えた。

「そ、そのような……」

番頭はうろたえた。

「ならば、早々に徳兵衛を呼ぶんだな」

平八郎は凄《すご》んだ。

奉公人や人足たちが、物陰から覗いて様子を窺い始めた。

「あの、旦那さまにどのような御用にございますか」

番頭は喉を鳴らし、声を嗄《か》らした。

「いいのかい、店先で旦那の徳兵衛の秘め事を話しても……」

平八郎は嘲笑った。

「えっ……」

番頭は戸惑った。

「いいのなら、幾らでも話すぞ」

平八郎は、物陰で見守っている奉公人や人足たちを一瞥した。

「お待ちを、少々お待ち下さい」

番頭は怯え、慌てて奥に入った。

平八郎は、物陰の奉公人や人足たちに笑い掛けた。奉公人や人足たちは、慌てて物陰に隠れた。

僅かな時が経ち、番頭が戻って来た。

「申し訳ございませんが、主人は今、手が離せず、これでお引き取り願いたいと……」

番頭は、数枚の小判を包んだ紙包を差し出した。平八郎はせせら笑い、小判の紙包を手にした。番頭と手代は、安心した面持ちになった。

「嘗《な》めるんじゃあねえ」

刹那《せつな》、平八郎は怒鳴り、小判の紙包を壁に投げ付けた。小判は壁に当たって紙を破り、音を立てて飛び散った。

番頭と手代は顔色を変え、覗き見ていた奉公人や人足たちは物陰に顔を隠した。

「徳兵衛が来ないなら、こっちから行くぞ」

平八郎は框にあがろうとした。

「ご浪人さん、ちょいと騒ぎ過ぎじゃあございませんかい」

人足頭が人足たちを従えて現れた。

平八郎は苦笑した。

「ほう、お前たちが徳兵衛に代わって相手をすると申すか……」

「そうして欲しければそうしますぜ」

人足頭は人足たちに目配せした。二人の人足が頷き、平八郎を左右から摑まえて外に連れ出そうとした。次の瞬間、平八郎は身体を捻った。二人の人足は、宙を舞って激しく土間に叩き付けられた。人足頭たちは驚き、番頭と手代たち奉公人は怯えた。

「番頭、今日は勘弁してやるが、また来ると徳兵衛に伝えておくんだな」

平八郎は嘲《あざけ》りを残し、『越前屋』を後にした。番頭や手代たち奉公人は胸を撫で下ろし、人足頭たちは投げ飛ばされて呻く二人の人足に駆け寄った。

平八郎は、憮然とした面持ちで下谷広小路に向かった。

四

平八郎は、下谷広小路に出た。

下谷広小路には人と光が溢れていた。

平八郎は眩しげに眺め、深々と吐息を洩らした。そして、広小路の雑踏に入り、大きく迂回《うかい》して尾行者がいないのを確かめ、米問屋『越前屋』の見える蕎麦屋の二階にあがった。

窓辺には長次がいた。

「どうです」

平八郎は尋ねた。

「まだ誰も出て来ませんね」

長次は、『越前屋』を見張ったまま告げた。

平八郎は吐息を洩らし、茶を入れて飲んだ。

「どうしました……」

長次は、『越前屋』を見据えたまま平八郎に尋ねた。

「嘘でも人を脅すってのは、嫌なものですね」

平八郎は淋しげに笑った。

「それで落ち込んでいたんですかい」

「別に落ち込んだってわけじゃあないが……」

「平八郎さんらしいや」

長次は苦笑した。

「う、うん……」

「ですが、その甲斐《かい》があったようですよ」

長次は、窓辺から立ち上がった。

「誰か動きましたか」

平八郎は窓辺に寄った。

米問屋『越前屋』から手代が出掛けて行った。

「あっしが追います」

長次は、階段を降りて行った。

米問屋『越前屋』の手代は、下谷広小路の雑踏を抜けて浅草に向かった。

浅草の口入屋『大黒屋』に行く……。

長次はそう睨み、余裕を持って尾行した。

手代は、尾行されているとも知らず足早に進んだ。長次は追った。


伊佐吉と亀吉は、口入屋『大黒屋』の勝五郎を見張り続けた。

勝五郎は、若い者と用心棒を従えて賭場を廻り、四半刻ほど前に『大黒屋』に戻った。『大黒屋』には、仕事を探す人々が出入りをしていた。

「親分、長次さんです」

亀吉は、広小路の下谷寄りを示した。

長次は、前方を見つめて進んでいた。伊佐吉と亀吉は、長次の視線の先を追った。

大店の手代風の男が、『大黒屋』に入って行った。長次は見送り、物陰に潜んだ。

「呼んで来ます」

亀吉は、長次の許《もと》に走った。

「得体の知れねえ浪人……」

勝五郎は眉をひそめた。

「へい。それで旦那さまが、親方に何とかしてくれと……」

手代は、徳兵衛の言葉を伝えた。

「その浪人、金は受け取らなかったんだな」

「へい……」

「旦那、浪人に心当たり、皆目《かいもく》ねえのかい」

「左様で……」

手代は喉を鳴らした。

「良吉の知り合いの浪人か……」

勝五郎は思いを巡らせた。

面倒な事になって来た……。

徳兵衛が如何に悪辣《あくらつ》な男だとしても、所詮は大店の旦那でしかない。脅されて、何を喋るか分かったものではないのだ。

大事な金づるでも放ってはおけない……。

勝五郎は決めた。

「よし、分かった。じゃあ、旦那に伝えてくれ。今晩、池之端の料理屋、葉月《はづき》で相談しましょうとな」

「池之端の葉月ですね」

手代は念を押した。

「ああ。ま、相手は浪人一人、正体を突き止めたらすぐに始末をするのでご安心をと、旦那に伝えてくれ」

「はい。ありがとうございます」

手代は礼を述べた。

勝五郎は、その眼に狡猾さを過《よぎ》らせ、笑みを浮かべて頷いた。

伊佐吉と亀吉は、口入屋『大黒屋』を見張りながら長次の話を聞いた。

「越前屋の徳兵衛、それで勝五郎に泣き付いたか……」

伊佐吉は、『大黒屋』を一瞥した。

「きっと……」

長次は頷いた。

「それにしても、嘘でも人を脅すのは嫌とは、平八郎さんらしいや」

伊佐吉は苦笑した。

「ええ。そこが平八郎さんの良いところですぜ」

長次は微笑んだ。

「まったくだ」

伊佐吉は頷いた。

「親分、長次さん。越前屋の手代が出て来ましたよ」

口入屋『大黒屋』から手代が現れ、来た道を戻り始めた。

「じゃあ親分……」

長次は、手代を追って立ち去った。

「さあて、勝五郎の野郎、どう動くかだな」

伊佐吉は見張りを続けた。

『大黒屋』から用心棒の浪人が現れ、辺りを鋭く見廻して出掛けて行った。

「どうします」

「用心棒まで追っちゃあいられないさ」

伊佐吉は用心棒を追わなかった。

日が暮れた。

平八郎と長次は、米問屋『越前屋』の徳兵衛が出掛けると睨み、蕎麦を食べて晩飯を早めに済ませた。

小僧が町駕籠を呼んで来た。

「長次さん……」

「ええ、徳兵衛が出掛けるんでしょう」

徳兵衛が、番頭と手代を従えて裏木戸から現れて町駕籠に乗った。

「追いますぜ」

「心得た」

平八郎と長次は、蕎麦屋の二階から駆け下りた。

徳兵衛は町駕籠に乗り、手代を従えて下谷に向かった。平八郎と長次は尾行した。

町駕籠と手代は不忍池の畔に出た。

風が吹き抜け、不忍池の水面を揺らした。

平八郎は、長次と共に町駕籠と手代を見据えて尾行した。

町駕籠の行く手の闇が微かに揺れた。

平八郎は緊張した。

「長次さん……」

「えっ……」

長次は戸惑った。

頰被りをした三人の浪人が闇から現れ、町駕籠の前に立ち塞がった。駕籠舁は悲鳴をあげ、手代は恐怖に凍《い》てついた。

「どうした、清助《せいすけ》」

徳兵衛が、町駕籠から怪訝に顔を出した。

頰被りをした浪人たちは、刀を抜いて徳兵衛に襲い掛かった。徳兵衛は、悲鳴をあげて町駕籠から転げ出た。

平八郎は猛然と地を蹴り、徳兵衛たちに向かって走った。長次が続いた。

「せ、清助……」

「旦那さま……」

徳兵衛は、手代の清助と逃げ惑った。頰被りをした浪人たちは、刀を振りかざして徳兵衛に迫った。徳兵衛は必死に逃げた。頰被りをした浪人の一人が、逃げる徳兵衛の背に袈裟《けさ》懸けの一太刀を浴びせた。

徳兵衛は悲鳴をあげ、夜目にも鮮やかな血を飛ばして倒れた。

「旦那さま……」

頰被りの浪人たちは、徳兵衛に止《とど》めを刺そうとした。刹那、平八郎が飛び込んで来て頰被りの浪人に体当たりをして弾き飛ばした。

「邪魔立てするな」

浪人の一人が、平八郎に斬り付けた。一瞬早く、平八郎は抜き打ちの一太刀を浪人に放った。浪人は脇腹から血を振り撒き、独楽《こま》のように廻って倒れた。

残る二人の浪人は怯んだ。

平八郎は、徳兵衛を庇《かば》うように立ちはだかった。手代の清助は、平八郎が店に脅しに来た浪人だと気付いて混乱した。長次が徳兵衛の様子をみた。徳兵衛は苦しげに呻いていた。長次は手代の清助と駕籠舁を呼び、徳兵衛を町駕籠に乗せた。

「医者に運びます」

長次は、平八郎に告げて駕籠舁を促した。

町駕籠は苦しそうに呻く徳兵衛を乗せ、手代の清助と一緒に池之端の医者の許に急いだ。

「おのれ……」

残る二人の浪人は怒り、平八郎に猛然と襲い掛かった。平八郎は、一人目の浪人の刀を躱し、二人目の浪人の見切りの内に無造作に踏み込んだ。二人目の浪人は戸惑った。刹那、平八郎は二人目の浪人を真っ向から斬り下げた。二人目の浪人は、額から血を撒き散らして仰向けに倒れた。
残るは一人……。
平八郎は、一人残った浪人に迫った。だが、浪人は身を翻《ひるがえ》し、夜の闇に逃げ込んだ。
平八郎は追った。
浪人は、不忍池の畔から茅町《かや》に逃げ込んだ。
平八郎は追い続けた。だが、浪人は夜の闇に逃げ去った。
「おのれ……」
平八郎は浪人を見失い、夜の町に立ち尽くした。

徳兵衛は誰にどうして狙われたのか……。
平八郎は、長次が徳兵衛を担ぎ込んだ医者を突き止めて駆け付けた。
徳兵衛は意識を失っていたが、命は取り留めたようだった。
長次は、手代の清助に事情を訊いていた。
「徳兵衛、池之端の葉月って料理屋に行く途中だったそうですよ」
長次は平八郎に告げた。

「料理屋……」

平八郎は眉をひそめた。

「何しに……」

「大黒屋の勝五郎と逢う為だそうです」

「勝五郎と……」

「ええ。徳兵衛、平八郎さんの脅しに乗って勝五郎に泣き付いた。そうしたら勝五郎は、池之端の葉月に来るように云った……」

長次の眼が鋭く輝いた。

「口封じですか……」

平八郎は、長次の睨みに気付いた。

「きっと。襲った浪人どもは、勝五郎に雇われた奴らでしょう」

長次は頷いた。

「で、良吉の事は」

「まだ……」

長次は首を横に振った。

「そうですか……」

手代の清助は、徳兵衛の傍らで小刻みに震えていた。

「清助といったな」

「は、はい……」

清助は怯えたように頷いた。

「良吉を殺めたのは誰だ」

平八郎は、厳しい面持ちで問い質《ただ》した。

「し、知りません」

清助は微かに震えた。

「本当か……」

「はい。本当です。本当に知りません……」

清助は、子供のように啜り泣いた。

嘘はない……。

平八郎は長次を窺った。

長次は頷いた。

後は、徳兵衛が意識を取り戻すのを待つしかない……。

平八郎は、微かな苛立ちを覚えた。

浅草広小路は人通りも途絶え、静寂に覆われていた。

頰被りをした浪人が、夜の闇を揺らして現れ、大戸を閉めた口入屋の『大黒屋』に駆け寄った。

頰被りをした浪人は、『大黒屋』の軒下の暗がりに潜んだ。そして、頰被りの手拭を取り、『大黒屋』の潜り戸を叩いた。潜り戸が開けられ、浪人は素早く店に入った。

「夕方、出掛けた用心棒ですね」

亀吉は眉をひそめた。

「ああ。逃げて来たようだな」

「はい……」

結局、勝五郎は出掛けなかった。そして、出掛けた用心棒の浪人が、逃げるように駆け戻って来た。

「平八郎さんの仕掛けに関わりがあるのかも知れないな」

伊佐吉は睨んだ。

勝五郎の顔に怒りが滲んだ。

「それで、徳兵衛の口は封じたのですかい」

「止めは刺せなかったが、袈裟懸けの一太刀を浴びせた。おそらく助かるまい」

用心棒の浪人は云い繕《つくろ》った。

「信用して良いんですね」

勝五郎は用心棒を見据えた。

「う、うむ……」

用心棒は頷いた。

「新八《しんぱち》……」

「へい」

控えていた若い者が膝を進めた。

「越前屋の様子を見てきな」

徳兵衛が死んだとしたなら、『越前屋』は大騒ぎになっているはずだ。

「へい」

新八と呼ばれた若い者は、用心棒を一瞥して出て行った。

「で、邪魔をした浪人ってのは、どんな野郎なんですか」

「若い奴だ」

「徳兵衛に脅しを掛けた野郎か……」

「きっとな。それで、町方の男が一緒だった」

「町方の男……」

勝五郎は眉をひそめた。

「じゃあ、俺は少し休ませて貰うぜ」

用心棒の浪人は、勝五郎の居間から出て行った。勝五郎は眉をひそめて見送り、隣室に声を掛けた。

「室井《むろい》さん……」

室井と呼ばれた総髪の浪人が、隣室から薄笑いを浮かべて現れた。

「どう見ます」

「新八を走らせたのは正しいな」

「やっぱり、そう思いますか……」

勝五郎は、用心棒の浪人を信用していなかった。

「それより……」

室井の眼が鋭く光った。

用心棒の浪人は台所に入った。

台所では若い者たちが酒を飲んだり、飯を食べていた。

「如何ですかい、一杯」

若い者は酒を勧めた。

「ああ、貰おう」

用心棒の浪人は、湯呑茶碗に満たされた酒を飲み干して裏口に向かった。

「ちょいと水を浴びてくる」

用心棒の浪人は裏庭に出た。そして、そのまま裏木戸に急いだ。

徳兵衛は、おそらく命を取り留める。その時、勝五郎は黙ってはいまい。

長居は無用、さっさと姿を消すべきだ……。

用心棒の浪人は裏木戸から路地に出た。

「何処に行く……」

室井が闇の中に佇《たたず》んでいた。

用心棒の浪人は、咄嗟に身を翻して逃げた。

刹那、室井が抜き打ちの一刀を閃《ひらめ》かせた。

用心棒の浪人は、背中を斬られて大きく仰け反った。室井は返す刀で用心棒の浪人の喉元を斬り裂いた。用心棒の浪人は、喉を笛のように鳴らし、血を振り撒いて倒れた。室井は嘲りを浮かべ、絶命していく用心棒の浪人を見下ろした。

「馬鹿野郎が、下手な嘘をつきやがって……」

勝五郎は、闇から現れて吐き棄てた。

「大川に放り込め」

若い者たちが返事をし、用心棒の浪人の死体を菰包《こも》にして大川に運んで行った。

口入屋『大黒屋』の裏手の路地から、菰包を担いだ若い者たちが現れ、大川に向かった。

「親分……」

「追ってみよう」

伊佐吉と亀吉は追った。

若い衆たちは、吾妻橋の下流の材木町の暗がりから菰包を大川に投げ込んだ。

水飛沫《しぶき》が月明かりに煌《きら》めいた。

「亀吉、舟だ」

「合点だ」

伊佐吉と亀吉は、下流の竹町之渡に走った。そして、竹町之渡の船着場に繋いであった猪牙舟で大川に乗り出し、流れて行く菰包を引き上げた。菰包からは、用心棒の浪人の足が食《は》み出ていた。

「亀吉……」

伊佐吉は、菰包から食み出した足を示した。

「死体ですか……」

亀吉は眉をひそめた。

「ああ……」

大川には、舟遊びの舟の明かりが美しく映え、三味線の爪弾きが流れていた。

米問屋『越前屋』徳兵衛は、意識を取り戻した。

平八郎と長次は、徳兵衛の尋問を始めた。

「徳兵衛の旦那、お前さんを襲った浪人どもは、大黒屋勝五郎の息の掛かった奴らだぜ」

長次は、徳兵衛に十手を示した。

徳兵衛は、苦しげに眉をひそめた。

「勝五郎、どうやらお前さんが煩《わずら》わしくなったようだな」

長次は嘲りを浮かべた。

「そんな……」

徳兵衛は顔を歪《ゆが》めた。

「徳兵衛さん、勝五郎がお前さんの口を封じたくなったわけは何なんだい」

長次は、徳兵衛を追い込んだ。

徳兵衛は、顔を歪めて口を噤《つぐ》んだ。

「そのわけには、おなつと良吉が絡んでいる。そうだな」

平八郎は、いきなり斬り込んだ。

徳兵衛は眼を見開いた。見開いた眼には恐怖が過った。

「お前がおなつを弄んだ為、良吉が店に怒鳴り込んだ。大店越前屋の旦那が、親に虐げられた年端もいかない娘を弄んだと世間に知れたら命取りだ。そこでお前は、良吉をどうにかしてくれと、おなつを周旋した勝五郎に泣き付いた」

平八郎は、徳兵衛を見据えて己の睨みを告げた。徳兵衛は小刻みに震え始めた。それは、真実を暴かれていく恐怖に駆られた震えだった。平八郎は、己の睨みに間違いがないのを知った。

「良吉を放っておけば己にも火の粉《こ》が掛かる。そう思った勝五郎は良吉を殺めた」

平八郎は、湧き上がる怒りに言葉を震わせた。

「そして、勝五郎はそいつを知っているお前の口を封じようとした。そうだな」

「きっと……」

徳兵衛は、平八郎の読みを認め、疲れ果てたように項垂れた。

良吉を手に掛けたのは、口入屋『大黒屋』勝五郎……。

平八郎は確信した。

「平八郎さん、どうやら決まりましたね」

長次は笑った。

「ええ。長次さん、私は大黒屋に行きます。後をお願いします」

「分かりました」

平八郎は、長次を残して浅草広小路の口入屋『大黒屋』に向かった。

夜空には星が瞬《またた》き、冷ややかな微風が吹いていた。

良吉、焼き芋の恩義は忘れぬ。仇を討って恨みを晴らしてやる……。

平八郎は浅草に急いだ。

口入屋『大黒屋』から明かりが洩れていた。

平八郎は、『大黒屋』の前に佇んだ。

伊佐吉と亀吉が、夜の闇の中から現れた。

「どうしました、平八郎さん……」

「親分、越前屋徳兵衛が何もかも認めた」

平八郎は伊佐吉に告げた。

「徳兵衛が……」

伊佐吉と亀吉は戸惑いを浮かべた。

平八郎は、徳兵衛が勝五郎配下の浪人たちに襲われ、深手を負ったが命は取り留めた事を教えた。

「じゃあ親分、大川に放り込まれた浪人……」

亀吉は眉をひそめた。

「ああ。きっと徳兵衛の口封じに失敗した浪人だろう」

伊佐吉は、平八郎に事態を説明した。

「勝五郎の奴……」

「ところで平八郎さん。良吉を殺めたのは……」

「勝五郎たちです」

「やはり睨み通りですか……」

伊佐吉は眉をひそめた。

「うん」

「で、どうします」

「親分、俺は良吉の恨みを晴らしたい」

平八郎は『大黒屋』を睨み、怒りを滲ませた。

「分かりました。あっしと亀吉は裏手に廻りましょう」

伊佐吉たち岡っ引は、町奉行所同心の配下だ。その限りでは、生かして捕らえるのが役目だ。平八郎は、それを知りながら良吉の恨みを晴らしたいと願った。それは、勝五郎を捕えずに斬り棄てる事であり、伊佐吉の立場を蔑《ないがし》ろにするものだ。だが、伊佐吉は、平八郎の願いを受け入れた。

「親分、すまない……」

平八郎は、伊佐吉と亀吉に頭を下げた。

「いいえ。良吉の恨み、晴らしてやって下さい。亀吉」

伊佐吉は、亀吉を促して裏手に廻った。

行くぞ、良吉……。

平八郎は大きく深呼吸し、『大黒屋』の潜り戸を蹴破った。

寝ていた勝五郎は跳ね起きた。そして、新八たち若い者は店に走った。

暗い店の土間に平八郎がいた。

「何だ、手前は……」

新八が怒鳴り、若い者たちが平八郎に襲い掛かった。平八郎は、襲い掛かる若い者たちを殴り倒し、蹴り飛ばした。新八たち若い者は、平八郎の強さに怯えて後退りした。

「勝五郎は何処にいる」

平八郎は新八に迫った。

「し、知らねえ」

新八は震え、声を嗄らした。

平八郎は僅かに腰を捻った。同時に刀が光芒《こうぼう》となり、新八の髷《まげ》を斬り飛ばした。髷は飛び、天井に当たって落ちた。新八は腰を抜かし、激しく震える手で奥を指差した。

平八郎は奥に進んだ。

勝五郎は、長脇差を握り締めて寝間にいた。

「大黒屋勝五郎……」

平八郎は、勝五郎を怒りを込めて見据えた。

勝五郎は、平八郎を睨み付けて長脇差を抜き払った。

「手前、何者だ……」

「良吉に一食の恩義のある者だ」

「良吉だと……」

勝五郎は眉をひそめた。

「勝五郎、お前が良吉を殺したのは、徳兵衛が認めたぞ」

「徳兵衛の野郎……」

勝五郎は、憎悪を露わにした。

「勝五郎、良吉の恨み、晴らす」

「ああ、あの生意気な小僧。折角、金をやると云ったのに要らないと抜かしやがって。だから俺が絞め殺した。絞め殺してやったんだ」

「勝五郎……」

平八郎は、満面に怒りを浮かべて勝五郎に迫った。刹那、襖の向こうから鋭い殺気が平八郎に放たれた。平八郎は咄嗟に飛び退き、殺気の放たれた襖を見据えた。

襖が開き、室井が薄笑いを浮かべて現れた。

「殺せ、さっさと殺してくれ」

勝五郎は喚《わめ》いた、
室井は薄笑いを浮かべ、平八郎に鋭い一閃を放った。平八郎は、僅かに身を引いて躱し、室井の見切りの内に踏み込もうとした。だが、室井は素早く刀を返し、刃風を短く唸らせた。

刃が咬《か》み合い、火花が散った。

平八郎と室井は激しく斬り結んだ。

障子や襖が破れて倒れ、壁が崩れて天井から土埃《つちぼこり》が舞い落ちた。

勝五郎は、頭を抱えて庭に逃げた。

平八郎は焦った。

室井は冷笑を浮かべ、猛然と斬り掛かってきた。

平八郎は、構わず踏み込んだ。

室井は、退かない平八郎に戸惑いながら間合いを取ろうとした。だが、平八郎は、素早く室井に身体を合わせた。

間合いを取って斬り合う事は出来ない。

刹那、平八郎は刀を逆手に握り、室井の脇腹に突き刺した。

室井は息を飲み、驚きに眼を見開いた。

平八郎は刀を引き抜いた。室井は引きずられるように振り向いた。平八郎は、刀を横薙ぎに閃かせた。室井の首の血脈が斬られ、血が霧のように噴いた。

平八郎は、勝五郎を追って庭に降りた。

伊佐吉と亀吉は、長脇差を振り廻す勝五郎を板塀に追い詰めていた。

「退け。退け、手前ら」

勝五郎は、恐怖に包まれ半狂乱で叫んだ。

平八郎は進み出た。

「平八郎さん……」

「親分、後は引き受けます」

「亀吉……」

伊佐吉と亀吉は退いた。

平八郎は、勝五郎に近づいた。

「来るな、来るな……」

勝五郎は、長脇差を激しく震わせた。

「その汚い手で良吉の首を絞めたのか……」

平八郎は静かに尋ねた。

「ああ、そうだ。小僧の細い首を……」

平八郎の刀が光芒となり、長脇差を握る勝五郎の両手を斬り飛ばした。斬り飛ばされた両手は、長脇差を握り締めて血を振り撒いた。勝五郎は、己の身に起こった事が理解出来ず、呆然とした面持ちで立ち竦《すく》んだ。

そして、身体の均衡を崩し、平八郎に向かって僅かに進んだ。次の瞬間、平八郎は勝五郎を真っ向から斬り棄てた。

伊佐吉と平八郎は、事の次第を南町奉行所定町廻り同心の高村源吾に報せた。

高村は苦笑した。

「伊佐吉が良吉を殺した咎《とが》で勝五郎をお縄にしようとした。だが、勝五郎の野郎は、用心棒を雇って抗《あらが》いやがった。そこで、伊佐吉の助っ人の矢吹平八郎が叩き斬った。それでいいじゃあねえか」

高村に拘《こだわ》りはなかった。

「高村さん……」

「平八郎さん、越前屋の徳兵衛には俺が話を付ける。伊佐吉、今戸の米造の始末もな」

高村は、後始末を快く引き受けた。

数日後、高村は『越前屋』徳兵衛を訪れ、おなつへの詫び料を取り、何もかも忘れる事を命じた。

「お前が忘れ、子供を抱くのを止めない限り、噂は世間に流れると覚悟するんだな」

徳兵衛は、おなつへの詫び料を払って忘れ、少女を弄ぶのを止めると約束するしかなかった。そして、岡っ引の米造は、十手を召し上げられた。元岡っ引となった米造は、恨んでいる者の多い江戸から姿を消した。

伊佐吉は、おゆきに母親との縁を切らせた。そして、おゆきは『駒形鰻』の女将のおとよの口利きで呉服屋に奉公した。

線香の煙が揺れ、香りが漂った。

平八郎は、良吉の真新しい墓に手を合わせた。そして、高村が徳兵衛から召し上げた切り餅一つの詫び料をおすみに渡した。

「矢吹さま……」

「同心の旦那が、徳兵衛から召し上げてくれた詫び料です。おなつや子供たちの為に使ってやってくれ」

「分かりました。確かにお預かりします」

おすみは、平八郎に深々と頭を下げた。

「それにしても矢吹さま、どうして良吉ちゃんと、こんなに仲良しになったんですか」

おすみは眉をひそめた。

「前にも云ったが、芋だよ」

「お芋だけですか……」

おすみは戸惑いを見せた。

「うん。焼き芋一つ、本当にそれだけだよ」

平八郎は笑った。

第三話　福の神

一

出涸らしの茶は生温かった。

「で、如何《いかが》ですか……」

口入屋『萬屋』万吉は、狸面で平八郎に返事を促した。

「う、うん……」

万吉が勧める仕事は、奇妙なものだった。

死期の迫った老武士の手足になって動く。それが仕事の内容であり、給金は一日一朱と良いものだった。

「手足になって動くとは、具体的に何をするのですか」

平八郎は、生温い出涸らし茶を啜った。

「そいつは私も分かりません」

万吉の狸面は狸そのものになった。

知っていながら惚《とぼ》けている……。

平八郎は苦笑した。

その裏に何があるのか……。

平八郎は興味を覚えた。

「分かりました。やりましょう」

平八郎は引き受けた。

根岸《ねぎし》の里は上野山の北側にあり、文人墨客《ぼっかく》が好んだ長閑《のどか》な地だ。

平八郎は、上野寛永寺脇から谷中《やなか》に進んで根岸の里に入った。

根岸の植木屋『植宗《うえそう》』……。

平八郎は、万吉の描いてくれた簡単な地図を頼りに植木屋『植宗』に向かった。死期の迫った老武士は、『植宗』の離れ家で暮らしていた。

植木屋『植宗』は石神井《しゃくじい》用水沿いにあった。

平八郎は、『植宗』の隠居に迎えられた。

「そうですか、お侍さんが萬屋の万吉さんの処からお見えになった方ですか」

「ええ。矢吹平八郎といいます」

「そいつはご丁寧に。あっしは、村田《むらた》周蔵《しゅうぞう》さまのお世話をしている植宗の隠居の宗《そう》平《へい》と申します。さあ、こちらにどうぞ」

隠居の宗平は、平八郎を『植宗』の離れ家に案内した。

庭には様々な植木が植えられており、その中に離れ家はあった。

離れ家の障子は開け放たれ、日差しを浴びていた。その日差しを逃れた座敷の奥に蒲団が敷かれ、痩《や》せ衰えた白髪の老武士・村田周蔵が横たわっていた。

「村田さま、萬屋さんからお手伝いの方が見えましたよ」

「それはそれは……」

村田周蔵は身を起こそうとした。宗平が素早く介添えし、村田を起こした。煎《せん》じ薬の臭いが漂った。

「拙者《せっしゃ》、村田周蔵と申します」

村田は、武士らしく姿勢を正して平八郎に対した。

「矢吹平八郎です」

「矢吹どのですか……」

村田は笑みを浮かべた。頬の皺は深くなり、その眼には優しげな光が滲んだ。

「はい」

「村田さま、万吉さんの口利きです。間違いはないでしょう」

「宗平どのの云われる通りでしょう」

万吉と宗平、そして村田周蔵は親しい仲のようだ。

三人はどのような関わりなのだ……。

平八郎は気になった。

宗平が茶を淹れ、平八郎と村田に差し出した。

「どうぞ……」

「ありがとうございます。それで村田さん、私は何をお手伝いすればよろしいのでしょう」

平八郎は尋ねた。

「はい。実は日本橋小舟町《こぶなちょう》にある長屋で暮らしている榎本和馬《えのもとかずま》と申す者と昵懇《じっこん》の間柄になり、いろいろ助けてやって欲しいのです」

村田は、意外な事を頼んだ。

「榎本和馬……」

平八郎は戸惑った。

「はい。矢吹どのと同じ年頃の武士です」

村田周蔵は、平八郎に日本橋小舟町の長屋で暮らす榎本和馬という侍と昵懇の仲になってくれと頼んだ。

「その榎本和馬どの、何か……」

榎本和馬は、人として欠陥があって親しく付き合う者がいないのか……。

平八郎は思いを巡らせた。

「いえ。榎本和馬、真っ当な若者ですが、何かと運の悪い者でしてな」

「運が悪い……」

平八郎は眉をひそめた。

「宗平どの……」

「はい」

宗平は、村田に促されて戸棚に置かれていた手文庫から紙に包んだ小判を取り出し、村田に渡した。

「これは、その榎本和馬と親しくなるための軍資金です。もし、必要とあらばその者の為に使っても結構です」

村田は、平八郎に紙に包んだ小判を差し出した。

「はあ……」

平八郎は、紙包を受け取った。

「それで矢吹どの……」

村田は、平八郎に窶《やつ》れた顔を向けた。

「はい」

「拙者の事は、榎本和馬にくれぐれも内密にお願いします」

村田は、平八郎に深々と頭を下げた。

「分かりました。内密にします」

平八郎は慌てた。

庭には日差しと小鳥の囀《さえず》りが溢れていた。


日本橋小舟町二丁目の甚助《じんすけ》長屋……。

平八郎は、根岸の里から下谷に戻り、明神下の通りを進んだ。明神下の通りには、口入屋『萬屋』がある。平八郎は、『萬屋』に立ち寄ろうとした。だが、『萬屋』は、万吉が出掛けているのか大戸を閉めていた。

平八郎はそのまま進み、神田川に架かる昌平橋を渡って日本橋に向かった。

日本橋の西堀留川《にしほりどめ》に架かる中《なか》ノ橋を渡ると小舟町二丁目だ。

平八郎は、中ノ橋を渡って小舟町二丁目に入り、自身番で甚助長屋の場所を尋ねた。甚助長屋は西堀留川の傍にあった。

甚助長屋は昼下がりの静けさに包まれていた。
平八郎は、木戸口から甚助長屋を窺った。
榎本和馬は、五年前から甚助長屋の奥の家で暮らしている。
平八郎は奥の家を見つめた。奥の家は静まりかえっていた。
さあて、どうするか……。
いきなり訪ねて行き、親しく付き合おうと云うわけにもいかない。
平八郎は、榎本和馬の家を見つめながら思いを巡らせた。
良い考えが浮かばず四半刻が過ぎた。
奥の家の腰高障子が開き、若い侍が顔を見せた。
榎本和馬だ……。
平八郎は木戸口に潜んだ。
草臥《くたび》れた着物と袴の榎本和馬は、風呂敷包を小脇に抱えて家を出た。
何処に行く……。
平八郎は尾行した。
榎本和馬は、西堀留川沿いを北に進んで荒布橋《あらめ》を渡った。そして、日本橋川に架かる江戸橋を渡って日本橋の通りに出た。日本橋の通りは行き交う人で賑わっていた。

平八郎は、賑わいの中を追った。

和馬は、風呂敷包を抱えて通りを京橋に向かった。そして、小間物問屋『鈴屋《すずや》』の暖簾を潜った。

平八郎は、『鈴屋』の店内が見える処に移動した。

和馬は風呂敷包を開き、『鈴屋』の番頭に爪楊枝《ようじ》を見せていた。番頭は、爪楊枝を吟味して和馬に笑顔を向けた。和馬は嬉しげに笑った。番頭は、金箱から小粒を取り出し、紙に包んで和馬に渡した。和馬は金を受け取り、番頭に頭を下げた。どうやら和馬は、爪楊枝作りの内職をしているようだった。

平八郎は見届けた。

小間物問屋『鈴屋』を出た和馬は、日本橋の通りを高札場に向かった。高札場は日本橋の南詰にある。和馬は、人通りの中を日本橋にあがった。

どこで近づくか……。

平八郎は、不審に思われずに近づく機会を窺った。

和馬は、高札場を抜けて日本橋を渡って神田に向かった。

何処に行く……。

平八郎は、近づく機会を窺いながら和馬を追い続けた。

湯島天神は参拝客で賑わっていた。

和馬は拝殿に手を合わせ、境内にある奇縁氷人石《きえんひょうじんせき》に向かった。

奇縁氷人石は四尺ほどの石碑であり、右側に『たつぬるかた』、左側に『をしふるかた』と彫られていた。男女の縁を求めたり人探しなどをする人は、願い事を書いた紙を『たつぬるかた』に貼る。そして、心当たりのある人が返事を書いて『をしふるかた』に貼る。つまり〝縁〟を仲立ちする〝奇縁氷人石〟である。

和馬は、奇縁氷人石の『をしふるかた』に貼られた紙を調べ、肩を落として吐息を洩らした。

期待していた返事はなかったのだ……。

平八郎は見守った。

和馬は、『たつぬるかた』に貼られていた破れた古い紙を剝がし、懐から新しい書付を出して『たつぬるかた』に貼り付けた。

和馬は誰かを探している……。

平八郎は、意外な思いに駆られた。

和馬は、奇縁氷人石に手を合わせ、その場を離れた。平八郎は、奇縁氷人石に駆け寄り、『たつぬるかた』に貼られた新しい書付を見た。

書付には『元高遠《たかとお》藩藩士田村源蔵《たむらげんぞう》を知る方はお教え願いたく候』と書き記されていた。

元高遠藩藩士田村源蔵……。

平八郎は書付を読み、境内を出て行く和馬を追い掛けようとした。その時、平八郎は奇縁氷人石の傍に落ちている紙包に気付いた。

和馬が小間物問屋『鈴屋』の番頭から貰った爪楊枝代だ。どうやら、新しい書付を出す時、落としたようだ。

これだ……。

平八郎は、紙包を拾って和馬を追った。

和馬は、湯島天神の鳥居を潜った。

「待ってくれ」

平八郎は、和馬を呼び止めた。

和馬は、怪訝に立ち止まって振り向いた。

「私ですか……」

「左様、これはおぬしの物ではないかな」

平八郎は、和馬に小粒の入った紙包を差し出した。和馬は驚き、慌てて己の懐を探った。だが、懐に紙包はなかった。

「どうやら私の物のようです」

和馬は困惑した。

「やはりそうですか。奇縁氷人石の傍に落ちていましてね。おぬしの物ではないかと思い。さあ、どうぞ……」

平八郎は、和馬に紙包を差し出した。

「まことにかたじけない。お蔭で助かりました」

和馬は紙包を受け取り、平八郎に深々と頭を下げた。

「そのような。お止め下さい」

平八郎は、和馬の丁寧さに少なからず慌てた。

「如何ですか、甘酒などは……」

平八郎は、和馬を参道にある茶店に誘った。

湯島天神参道の茶店は、甘酒を一杯八文ほどで売っていた。

平八郎と和馬は、茶店の縁台に腰掛けて甘酒を頼んだ。

「私は矢吹平八郎です」

平八郎は名を名乗り、ここぞとばかりに和馬に近づこうとした。

「たまたま私が榎本和馬と申します。矢吹どの、本当にありがとうございました」

「いえ。落とし物が無事に我が手に戻ったのは、そんなに礼を云われるほどの事じゃあない」

和馬は恥ずかしそうに笑った。

「生まれて初めて……」

平八郎は眉をひそめた。

「ええ……」

和馬は、村田周蔵の云った通り、本当に運の悪い男なのかも知れない。

平八郎は、思わず和馬に物珍しげな眼を向けた。

「矢吹どのは私の福の神です」

和馬は、平八郎に頭を下げた。

「福の神、私が……」

平八郎は、戸惑わずにはいられなかった。

「はい」

「ところで榎本どの、お見掛けしたところ、私と同じ浪人のようですが……」

「ええ。まあ……」

和馬は言葉を濁した。

逢ったばかりで、昵懇の仲になれるはずもない。

平八郎は甘酒を啜った。

陽は大きく西に傾いた。

今日は、知り合いになっただけでも良しとしなければならない……。

平八郎は己に云い聞かせ、榎本和馬と別れる事にした。

榎本和馬は、夕陽を背に浴びながら妻恋坂《つまこい》を下って行った。

平八郎は、影を長く伸ばして妻恋坂を下りて行く和馬を見送った。

神田明神門前の居酒屋『花や』は、常連客で賑わっていた。

「それにしても妙な仕事ですね」

長次は、首を捻って猪口の酒を啜った。

「ええ……」

平八郎は、長次に新しい仕事の内容を話し、榎本和馬と親しくなる手立てを相談した。

「平八郎さん、そいつは毎日顔を合わせるのが一番ですよ」

「しかし、偶然を装って毎日逢うわけにはいきませんしね」

「そりゃあそうですよ。だから近くに暮らすんですよ」

「引越しをするんですか」

平八郎は眉をひそめた。

「いいえ。近くに暮らしている真似をするんです」

「成る程、暮らしている真似ですか……」

「ええ」

「分かりました。やってみます」

平八郎は、猪口の酒を飲み干した。

居酒屋『花や』の賑わいは続いた。

翌日、平八郎は小舟町の甚助長屋に向かった。そして、木戸口に潜み、榎本和馬の家を見張った。平八郎が来た時、長屋のおかみさんたちは洗濯を終えて家に引き取った。見計らったように和馬が現れ、井戸端で米を研《と》いで遅い朝飯の仕度を始めた。

今日は出掛けず、家に閉じ籠って爪楊枝作りに励むのかもしれない。出掛けなければ触れ合う機会もなく、村田周蔵に云われたような昵懇の仲には中々なれるものではない。

どうしたら良いんだ……。

平八郎は、焦りと苛立ちを覚えずにはいられなかった。

このまま親しくなれなければ、仕事を断るしかない……。

平八郎は、深々と吐息を洩らした。

赤ん坊の泣き声が響いた。

派手な半纏《はんてん》を着た遊び人風の男が、二人の浪人と一緒に甚助長屋に現れた。

平八郎は木戸口に身を潜め、遊び人風の男と浪人たちを見守った。

遊び人風の男と浪人たちは、和馬の家の腰高障子を叩いた。

腰高障子が開き、和馬が木屑《きくず》の付いた前掛けをして顔を出した。どうやら爪楊枝作りに精を出していたようだ。

遊び人風の男は、薄笑いを浮かべて和馬に証文らしき書付を見せた。

和馬は、顔色を変えて頭を下げた。

「冗談じゃあねえぞ。期限はとっくに過ぎているんだ」

遊び人風の男は怒声をあげた。

借金の取立屋だ……。

平八郎は眉をひそめた。

長屋の家々からおかみさんたちが迷惑げな顔を見せた。

和馬は慌てた。

「頼む。静かにしてくれ」

「煩《うる》せえ。静かにして欲しければ、さっさと借りた金を耳を揃えて返すんだぜ」

「そこを何とか頼む……」

和馬は頭を下げ続けた。

遊び人風の取立屋は、二人の浪人に目配せをした。

「一緒に来な」

二人の浪人は、和馬を左右から押さえて長屋の外に連れ出した。

平八郎は追った。

西堀留川の流れは澱《よど》み、鈍い輝きを揺らしていた。

「いいかい榎本さん。明日中に利息を入れた五両、どうしても返して貰うぜ」

取立屋は、嘲りを浮かべて凄んだ。

「勘弁してくれ……」

和馬は詫びた。

次の瞬間、浪人の一人が和馬の腹に拳を叩き込んだ。和馬は、顔を歪《ゆが》めて短く呻き、崩れ落ちそうになった。だが、残る浪人が和馬を羽交い絞めにして引きずりあげた。

「榎本さん、どうしても返す金がねえってのなら、押し込みでも辻斬りでもすりゃあ良いんだぜ」

取立屋は和馬を嘲笑った。

「そんな……」

和馬は顔を歪めた。浪人は、再び和馬の腹を殴った。

「何なら手伝ってもいいんだぜ、榎本さん」

浪人は抗《あらが》えない和馬を侮《あなど》り、薄笑いを浮かべて殴り続けた。

「おのれ……」

平八郎は我慢が出来なかった。いきなり進み出て、和馬を殴っている浪人の腕を押さえて西堀留川に投げ込んだ。水飛沫が派手に煌めいた。平八郎は、続いて和馬を羽交い絞めにしていた浪人を西堀留川に殴り飛ばした。水飛沫が続いてあがった。

「や、矢吹どの……」

和馬は驚き、平八郎を眩しげに見上げた。

「やあ……」

平八郎は、取立屋に向かった。

取立屋は逃げようとした。平八郎は追い縋《すが》り、その尻を激しく蹴り飛ばした。

西堀留川に三度目の水飛沫があがった。

二

狭い家の中は綺麗に片付けられ、片隅に爪楊枝作りの台があり、作り掛けの爪楊枝と道具が整然と並べられていた。

平八郎は、蒲団を敷いたままの薄汚い己の家との違いに苦笑した。

和馬は、茶を淹れて平八郎に差し出した。

「和馬さん、気遣いは無用にして下さい」

「いいえ。昨日に続き今日もお世話になったせめてもの礼です」

「お世話だなんて……」

平八郎は茶を啜った。

「ところで矢吹どの……」

「平八郎で結構ですよ」

平八郎は苦笑した。

「それでは平八郎さん、お住まいは……」

和馬は、平八郎が現れたのに戸惑いを覚えていた。

「堀江町です」

堀江町は小舟町の隣町であり、日本橋に出る時は小舟町を通るのが普通だった。

「そうですか、堀江町ですか」

「ええ。和馬さんが隣の小舟町で暮らしていたとは奇遇ですね」

平八郎は、先手を打って笑った。

「まったくです」

和馬は、平八郎に釣られたように笑った。

「ところで奴らは借金の取立屋ですか……」

「ええ。お恥ずかしい……」

和馬は、取立屋に迫られている己を恥じた。

「それにしても何故……」

平八郎は眉をひそめた。

「二年前、貯えを食い潰し、おまけに病に掛かり、高利貸しから二両を借りたのです。その借用証文が取立屋の五郎八《ごろはち》の手に渡り、いつの間にか利息込みで五両になっていました」

「二両が五両とは酷いな……」

平八郎は呆れた。

「はあ……」

「取立屋の五郎八、家は何処ですか……」

「確か両国の薬研堀《やげんぼり》だと聞いています」

「薬研堀ですか……」

「はい」

和馬は、疲れたように項垂《うなだ》れた。

村田周蔵は何故、榎本和馬を助けようとしているのか……。

平八郎の頭に不意に疑問が過《よぎ》った。

「どうです和馬さん。もう昼です。蕎麦でも食いに行きませんか」

平八郎は微笑んだ。

駿河台小川町の武家屋敷街は連なる甍《いらか》を輝かせている。

信濃国高遠藩三万三千石内藤《ないとう》家の江戸上屋敷は静寂に包まれていた。

長次は、和馬が奇縁氷人石に貼った〝元高遠藩藩士田村源蔵〟を調べる為、江戸上屋敷の裏門に張り付いた。裏門からは下級藩士や藩士の家族、商いを許されている行商人たちが出入りしていた。

長次は、出入りの行商人たちの中から小間物屋に当たりを付けた。

小間物屋は大きな荷物を担ぎ、門番と親しげに話をしながら裏門から出て来た。

長次は追った。

小間物屋は神田川に向かった。長次は、神田川に架かる昌平橋の袂で小間物屋を呼び止めた。小間物屋は怪訝に振り返った。長次は十手を見せた。

「お前さん、高遠藩のお屋敷にお出入りを許されて長いようだね」

長次は微笑んだ。

「は、はい……」

小間物屋は戸惑いながら頷いた。

「じゃあ、高遠藩の家来で田村源蔵って人がいたのを知っているかな」

「田村源蔵さまですか……」

「うん。元家来のはずなんだが……」

「私は直には知りませんが、噂なら聞いた覚えがあります」

「噂……」

「ええ。十年ほど前ですか、国許で御家中の方を斬り棄てて逐電した家来がおりましてね。確か、その家来が田村源蔵さまだったと思います」

田村源蔵は、国許高遠で同輩を斬って逐電した家来だった。

「じゃあ、榎本和馬さんってお侍は知っているかな」

「さあ、存じませんねえ……」

小間物屋は首を捻った。

「そうか。造作を掛けてすまなかったな」

長次は、行商の小間物屋に礼を述べて別れた。

田村源蔵が仇持ちの身なら討手がいるはずだ。

「討手が榎本和馬かな……」

長次は思いを巡らせた。もし、榎本和馬が田村源蔵を仇として追って江戸に来たのなら、町奉行所に届けが出されているはずだ。

高村の旦那を頼るしかないか……。

長次は、南町奉行所定町廻り同心の高村源吾に調べて貰う事にした。


昼飯時も過ぎ、蕎麦屋は一息ついた。

平八郎と和馬は、片隅で酒を飲み続けていた。

「そうですか、平八郎さんは神道無念流の剣客ですか」

和馬は感心した。

「剣客などとはとんでもない。その日暮らしの日雇い浪人です」

平八郎は屈託《くったく》なく笑った。

「いいなあ。羨《うらや》ましいご身分だ」

和馬は、猪口の酒を飲んだ。

「いやいや、和馬さんだって、己の糊口《ここう》がしのげれば良いとの爪楊枝作り、長閑なものじゃあないか」

平八郎は和馬の猪口に酒を満たし、手酌で酒を飲んだ。

「平八郎さん、私は運の悪い男でしてね。十年前に両親を亡くして旅に出たのですが、病に罹《かか》ったり、盗人に路銀を奪われたり、挙句《あげく》の果てにはお尋ね者に間違われて追われたり。ようやく辿り着いた江戸では、ご覧の有り様ですよ」

和馬は酒を飲み、疲れたように深々と吐息を洩らした。

運の悪い男……。

平八郎が見ても、和馬は確かにあまり運が良いと思えない。

「和馬さん、故郷はどちらです」

「信濃の高遠です」

元高遠藩藩士田村源蔵……。

和馬が、湯島天神の奇縁氷人石に貼った書付に書かれていた地名だ。

「ほう。高遠ですか……」

「ええ……」

「高遠藩といえば、内藤家の家中ですか」

「まあ、そうですが……」

和馬は言葉を濁した。

平八郎は、和馬の運の悪さが高遠にいた頃から続いているのに気付いた。そして、平八郎はもう一つ気が付いた事があった。

村田周蔵は、和馬が高遠にいた頃から運が悪いのを知っていた。それは、村田周蔵自身が高遠藩に関わりがある証なのかも知れない。

平八郎は思いを巡らせた。

和馬は手酌で酒を飲み続けた。

「それで和馬さん。五郎八の借金、返すあてはあるのですか……」

「はあ、一両ほどなら……」

和馬は恥ずかしげに俯《うつむ》いた。

「元々借りた金は二両でしたね」

「はい。五郎八が云うには利息が利息を呼んで五両になったと……」

ならば返す金は、利息を入れて三両で充分だ。

平八郎は頷いた。

「よし。じゃあ私が二両なんとかして合わせて三両、そいつで五郎八と話を付けるしかあるまい」

「平八郎さん、二両も用立ててくれるのか」

和馬は、戸惑いと困惑を露わにした。

「うん。催促なしの出世払いだ。そいつで、さっさと五郎八と縁を切るんだな」

平八郎が、村田周蔵に渡された金は三両ある。その内の二両を使えばいいのだ。

「うん」

「じゃあ明日、一緒に五郎八に話を付けに行こう」

「かたじけない」

和馬は平八郎に頭を下げた。

「なあに気にするな。さあ、飲もう」

平八郎と和馬は手酌で酒を飲んだ。


申《さる》の刻七つ（午後四時）が近づいた。

南町奉行所は、与力・同心の帰宅時刻を迎えて慌ただしさを漂わせた。

定町廻り同心の高村源吾は、岡っ引の駒形の伊佐吉と下っ引の亀吉を従えて見廻りから戻って来た。

表門内の腰掛けで長次が待っていた。

「ご苦労さまにございます」

「おう、長次……」

高村は、伊佐吉を一瞥した。

「どうかしたのかい、長さん……」

伊佐吉は、長次に怪訝な眼差しを向けた。

「はい。ちょいと高村の旦那にお調べ戴きたい事がありまして……」

「ほう、何かな」

「はい。実は仇討の事でして……」

「仇討だと……」

高村は眉をひそめた。

「はい」

「よし。詰所で詳しく聞かせて貰おうか」

高村は、長次を同心詰所に促した。

「畏《おそ》れ入ります」

長次は、伊佐吉や亀吉と共に高村に続いて同心詰所に向かった。

申の刻七つ時が過ぎて同心たちは帰宅し、同心詰所には高村と長次たちが残った。

長次は平八郎が雇われた仕事を説明し、その関わりで元高遠藩藩士田村源蔵が、仇として榎本和馬に追われているかどうかを調べて貰えないかと頼んだ。

「よし。ちょいと待ってな」

高村は気軽に引き受け、長次たちを残して同心詰所を出て行った。

江戸に出て来た討手は、いつ何処で仇に出逢うか分からない。そして、出逢って斬り合いになった時、私的な争いではなく公式に認められた仇討だと証明する為、町奉行所に届けを出すのが定められていた。届けの出されている仇討である限り、相手を斬り殺しても無罪とされる。

高村は、その届けが出されているかどうか調べに行った。

「運の悪い男と昵懇の仲になって助けるか。平八郎さんも妙な仕事を引き受けたもんだな」

伊佐吉は眉をひそめた。

「まったくです」

長次は苦笑した。

小半刻が過ぎ、高村が戻って来た。

「分かったぞ」

「造作をお掛けします」

「仇討の届け、出されていた」

「やっぱり……」

「ああ。信濃高遠藩家臣榎本和馬、父親榎本総兵衛《そうべえ》を斬った元高遠藩家臣田村源蔵なる者を父の仇として追っていたよ」

榎本和馬は、田村源蔵を父の仇として捜している……。

長次の睨みは当たった。

「そうですか……」

「ああ。この事、平八郎の旦那の耳に入れて置いた方がいいかもしれぬぞ」

「はい。旦那、ありがとうございました。じゃあ親分、あっしは明神下に行きます」

平八郎の暮らすお地蔵長屋は、明神下の裏通りある。

「うん」

伊佐吉は頷いた。

「ご免なすって……」

長次は、南町奉行所の同心詰所を出て行った。

「平八郎の旦那も忙しい人だぜ」

高村は苦笑した。

「はい。それにしても妙な仕事ですね」

「ああ。伊佐吉、平八郎の旦那に仕事を頼んだ年寄り、調べてみちゃあどうだ」

「構いませんか」

伊佐吉は笑みを浮かべた。

行燈の明かりは仄《ほの》かに辺りを照らしていた。

平八郎は、長次の話を聞き終えた。

「和馬さん、仇を追っているのですか……」

「ええ。奇縁氷人石の尋ね人の田村源蔵は、和馬さんの父の仇って奴でした」

「そうですか……」

平八郎は眉をひそめた。

和馬は、仇討について何も云わないし、そうした気配すら見せていなかった。

何故だ……。

平八郎は戸惑った。

「どうかしましたか」

長次は、怪訝な眼を向けた。

「いや。和馬さんに仇を追っている気迫というか、感じが窺えなくて……」

「って事は、和馬さん、仇討を諦めているのかな」

長次は首を捻った。

「いや。奇縁氷人石に尋ね人の貼り紙をしているのをみると、諦めたわけでもないのでしょうが……」

「そうですよねえ」

平八郎と長次は思いを巡らせた。

行燈は油が切れてきたのか、微かな音を鳴らして瞬いた。

両国広小路は見世物小屋や露店が並び、見物客や通行人で賑わっていた。

平八郎は、両国橋の西詰にある両国稲荷の前で和馬の来るのを待った。

巳の刻四つ半（午前十一時）。

和馬が人込みからやって来た。

「遅くなりました」

「いえ。じゃあこれを……」

平八郎は、村田周蔵から軍資金として預った三両の内の二両を差し出した。

「申し訳ありません。じゃあお借りします」

和馬は二両を受け取り、自分の一両と合わせて懐紙に包んだ。

取立屋の五郎八の家のある薬研堀は、両国広小路の南の外れにある。

平八郎と和馬は、人込みの中を薬研堀に向かった。


薬研堀は、大川と繋がっている小さな堀留である。

五郎八の家は、薬研堀の傍にある小料理屋だった。小料理屋は暖簾を仕舞い、まだ眠っているようだった。

平八郎は、小料理屋の格子戸を叩いた。

店内から眠たげな女の返事がした。

「ちょいと待って下さいな」

僅《わず》かな時が経ち、格子戸を開けて年増が顔を出した。

「やあ、五郎八さんはいるかな」

平八郎は微笑んだ。

「えっ、ええ。おりますけど……」

年増は、警戒の眼差しを平八郎と和馬に向けた。

「榎本和馬が借りた金を返しに来たと伝えて下さい」

「少々、お待ち下さい」

年増は店の奥に入って行った。

平八郎と和馬は、小料理屋の店内に入って五郎八の出て来るのを待った。やがて、奥から五郎八が現れた。

「やあ……」

平八郎は笑い掛けた。

五郎八は怯えを滲ませた。

「五郎八、和馬さんが借金を返しに来たぞ」

「へ、へい……」

五郎八は、喉を震わせて声を嗄《か》らした。

「和馬さん……」

和馬は、平八郎に促されて進み出た。

「五郎八さん、長い間すまなかったな。これは借りた二両と利息の一両の都合三両だ」

和馬は、紙に包んだ三両を差し出した。

「五郎八、その方は利息は三両だと申したが、一両がいいところだ。違うかな」

平八郎は真顔で尋ねた。

「いえ。仰る通りにございます」

五郎八は怯えた。

「うん。良く納得してくれたな。では、和馬さんの借用証文、返して貰おうか」

「へい……」

五郎八は、和馬に借用証文を返した。

「間違いないか、和馬さん」

「は、はい……」

和馬は借用証文に眼を通した。借用証文は和馬の物に相違なかった。

「間違いありません」

和馬は弾んだ声をあげた。

「そうか。造作を掛けたな、五郎八」

平八郎は笑顔で五郎八に礼を云い、和馬を促して店内から出て行った。

「くそっ。おまさ、塩を撒け」

五郎八は、表情を激しく一変させ、怒りを露わにした。

「糞ったれ。嘗めた真似をしやがって、このまま無事にすむと思うなよ」

五郎八は、渡された三両の小判を壁に叩き付けた。小判は甲高い音を鳴らして飛び散った。

借用証文は細かく引き裂かれ、紙片となって大川に飛び散った。

「清々したな、和馬さん」

平八郎は笑った。

「うん。何もかも平八郎さんのお蔭だ。おぬしは私の恩人、福の神だ」

和馬は、平八郎に手を合わせんばかりに喜んだ。

「福の神か、やはりそいつは大袈裟だ」

平八郎と和馬は笑った。

和馬にとっての〝福の神〟は、根岸の『植宗』の離れ家で病で寝込んでいる村田周蔵なのだ。

何故、村田周蔵は和馬の心配をするのだろう……。

平八郎の疑問は募った。


根岸の里は日差しと小鳥の囀りに溢れていた。

伊佐吉と亀吉は、植木屋『植宗』の離れ家にいる村田周蔵を調べ始めた。

浪人の村田周蔵は、『植宗』の主の宗平と昵懇の間柄であり、数年前から離れ家で暮らしていた。

物静かで剣の腕も立つ村田は、『植宗』の若い職人や近くの子供たちに慕われ、読み書き算盤《そろばん》などを教えていた。だが去年、病に倒れ、寝込んでしまった。病は胃の腑に質《たち》の悪い腫《は》れ物が出来るものであり、村田は激痛に苦しんだ。医者は、村田の病を不治のものとし、長くて一年の命と読んだ。

村田周蔵は、『植宗』の宗平の世話を受けて養生するしかなかった。

伊佐吉と亀吉は、周囲の人々や一帯で商いをしている行商人などに尋ね、村田を密かに調べ続けた。

三

神田川は両国橋の傍らで大川と合流している。

平八郎と和馬は、広小路の賑わいを抜けて神田川に架かる柳橋に向かった。

「平八郎さん、柳橋に美味い泥鰌《どじょう》鍋を食わせる店があります。どうですか」

借用証文の始末が終わった和馬は、喜びを漂わせて平八郎を誘った。

「美味い泥鰌鍋ですか。いいですね」

「じゃあ……」

平八郎と和馬は、神田川に架かる柳橋を渡った。柳橋を渡った平右衛門町の川沿いには、何軒かの船宿が暖簾を揺らしていた。その外れに小さな古い泥鰌鍋屋はあった。

「あそこですよ」

和馬は、楽しそうに平八郎を案内した。

「榎本ではないか……」

和馬は、背後からの声に振り返った。

船宿から出て来た三人の武士が、和馬に厳しい視線を向けていた。

和馬は思わず息を飲んだ。

「このような処で何をしている」

年嵩《としかさ》の武士が厳しく問い質《ただ》した。

「これは黒崎《くろさき》さま、ご無沙汰をしております」

和馬は、緊張した面持ちで年嵩の武士に挨拶をした。

信濃国高遠藩家中の武士……。

平八郎はそう睨み、出方を見守った。

「田村源蔵、見つかったのか……」

黒崎と呼ばれた年嵩の武士は、平八郎に構わず咎《とが》めるように和馬に尋ねた。

「いいえ。まだにございます」

「まだだと……」

黒崎は和馬を睨み付けた。

「はい……」

「まだなのに、このような処で何をしているのだ」

黒崎は苛立ちを露わにした。

「はあ……」

和馬は、叱られた子供のように項垂れた。

「成島《なるしま》さまも心配しておられる。これから上屋敷に同道致せ」

「えっ……」

和馬は慌てた。

黒崎は、一緒にいた二人の若い武士に目配せした。二人の若い武士は、和馬を左右から押さえた。

「さあ、来い。和馬」

二人の若い武士は、平八郎を無視して和馬を連れて行こうとした。

「ちょっと待って下さい。私は今……」

和馬は抗った。

「黙れ」

若い武士の一人が、和馬の腕を捩じり上げた。

和馬は、激痛に顔を歪めた。

「止めろ」

平八郎は、若い武士たちの前に立ち塞がった。

「へ、平八郎さん……」

和馬は呻いた。

「何だ、おぬしは……」

若い武士たちは平八郎を睨み付けた。

「素浪人矢吹平八郎、榎本和馬と昵懇の間柄でな。これから泥鰌鍋を食べに行くところだ。用があるなら後にしてくれ」

平八郎は、微かに怒りを滲ませた。

「まことか、榎本……」

黒崎は侮りを浮かべた。

「は、はい……」

和馬は頷いた。

「ならば、泥鰌鍋は後日にするが良い」

黒崎はせせら笑い、若い武士たちが和馬を無理矢理連れて行こうとした。

「まったく野暮な田舎侍だぜ」

平八郎は吐き棄てた。

「なに……」

黒崎は眉を怒らせた。

「何処の大名の家来か知らないが、江戸じゃあ只の浅葱裏《あさぎ》だぜ」

平八郎は罵倒《ばとう》した。

物見高い野次馬が集まり始めた。

「黙れ」

若い武士の一人が挑発に乗り、平八郎に殴り掛かってきた。平八郎は、殴り掛かってきた若い武士の腕を取って投げた。若い武士は、大きく宙を舞って地面に叩きつけられた。土埃と若い武士の悲鳴が舞い上がった。

野次馬たちは失笑した。

「流石は井の中の蛙。平気で未熟な腕を自慢したがる」

平八郎は挑発し続けた。

「おのれ……」

残った若い武士が、刀の柄を握り締めて平八郎に対峙した。

「面白い。抜く気かい……」

平八郎は嘲り笑い、若い武士に素早く身を寄せて刀の柄を掌で押さえた。若い武士は、刀を抜けずにうろたえた。

「昼日中、天下の往来で刀を抜こうってのは、度胸が良いのか馬鹿なのか。それとも殿さまの躾《しつけ》が悪いのか……」

平八郎は、若い武士に平手打ちを与え、突き飛ばした。若い武士は、大きく仰《の》け反って無様に倒れた。

平八郎は黒崎に向かった。

黒崎は思わず後退りした。

「じゃあ黒崎さん、私たちが泥鰌鍋を食べ終えるまで待っていてくれ。武士ならそれぐらいの礼儀は守れるだろう」

平八郎は、子供に云い聞かせるように黒崎に告げた。

「帰るぞ」

黒崎は悔しげに顔を歪め、その場から足早に立ち去った。二人の若い武士は、足を引きずりながら慌てて続いた。

野次馬たちは笑った。

「平八郎さん……」

和馬が立ち尽くしていた。

「余計な真似をしたかな」

「えっ。いいえ、お蔭で私も踏ん切りがつきました」

和馬は、吹っ切れたような笑みを浮かべた。

「よし。じゃあ泥鰌鍋を食べに行こう」

平八郎と和馬は、小さな古い泥鰌鍋屋の暖簾を潜った。

鍋の蓋を取ると、味噌出汁の匂いを含んだ湯気が立ち昇った。

「さあ、出来た。食べよう」

平八郎と和馬は、味噌出汁で煮込まれた泥鰌とささがき牛蒡《ごぼう》を食べた。

「美味い……」

「ええ……」

平八郎と和馬は泥鰌鍋を食べた。

「和馬さん……」

「はい……」

和馬は、泥鰌鍋を食べる箸を止めた。

「何者です、奴らは……」

平八郎は、泥鰌鍋を食べる箸を止めなかった。

「信濃高遠藩の目付たちです」

「高遠藩の目付……」

「平八郎さん、実は私、父の仇を追っている高遠藩の元藩士なのです」

和馬は律儀に姿勢を正した。

「ほう。お父上の仇を追っているのですか」

平八郎は、初めて知ったような顔をした。

「ええ。私の父は十年ほど前、国許で田村源蔵と申す藩士と口論の末に斬り棄てられましてね。当時十五歳だった私は、殿のお声掛かりで仇討の旅に出ました」

和馬は、疲れたように語り始めた。

「十五歳の若者が、苦難の末に父の仇を討って本懐を遂げれば、本人は勿論、藩の武名もあがり、殿さまも鼻高々ですか……」

平八郎は苦笑した。

「ええ。ですから最初は、殿を始めとした大勢の方々にご支援を戴きました。ですが、五年が過ぎても私は仇の田村源蔵と巡り合わず、お殿さまの興味も次第に薄れて……」

「家中の者どもの風当たりも強くなったか」

「うん。父の仇も討てない愚か者。無駄飯食いの役立たず。中でも江戸上屋敷の勘定

頭の成島伝内《でんない》さまは、何らかの成果が無い限り、公金での助力は出来ぬと仰られて

……」

「爪楊枝の内職に借金か……」

「藩の期待を背負った者も、十年経てば藩の名を汚す邪魔者だよ」

和馬は、淋しげに己を嘲笑った。

「で、和馬さんは今でもお父上の仇の田村源蔵を……」

「田村源蔵も生きていれば六十歳。最早、いつどうなっていてもおかしくない歳。私にしても今更、仇討本懐を遂げて藩に帰参する気はない」

和馬は云い切った。

「じゃあ、この十年の苦労は……」

平八郎は眉をひそめた。

「運が悪かったと諦めるしかありません」

和馬は小さく笑った。

平八郎は頷いた。

何もかも棄て、新しい暮らしを始めるのが一番なのだ。

「それにしても、お父上と田村源蔵、何故に口論となり斬り合いになったのかな」

「それなのだが、父は勘定方で田村源蔵は郡代配下、役目にあまり関わりもなく、普段の付き合いもなかったのですが……」

和馬は首を捻った。

「その頃、何か変わった事はなかったかな」

「変わった事と云うより、父が斬られる十日ほど前、母が自害をしましてね」

和馬は哀しげに告げた。

「母上が自害……」

平八郎は驚いた。

「ええ……」

「何故……」

「分かりません。ですが、父が普段何の付き合いもない田村と口論になったのは、母の自害に気が動転し、苛立っていたからなのかもしれません」

和馬の父親は、妻に謎の自害をされて気が動転し、些細《ささい》な事で田村と喧嘩口論になったのかも知れない。

「成る程……」

平八郎は頷いた。

七輪に載せられた泥鰌鍋は煮詰まり始めた。

「こいつはいかん……」

平八郎は、泥鰌鍋に割り下を足した。

「親父、酒をくれ」

「平八郎さん……」

和馬は眉をひそめた。

「いいではないか。借金も片付いたし、高遠藩とも縁を切った祝いだ」

「それもそうだな」

平八郎と和馬は、笑いながら酒を酌み交わした。


信濃高遠藩の江戸上屋敷は、沈鬱で退屈な雰囲気に包まれていた。

長次は、斜向かいの旗本屋敷の中間《ちゅうげん》部屋に潜り込み、窓から見張りを続けていた。

高遠藩藩主内藤大和守は、内気で面白味のない時と子供のようにはしゃぐ賑やかな時のある殿さまと噂されていた。殿さまの人柄が江戸上屋敷の雰囲気に大きく影響するとしたなら、今は内気で面白味のない時期なのかも知れない。

長次は思いを巡らせた。

中年の家来が、足を引きずる二人の若い配下と江戸上屋敷に戻って来た。

「何処で何をして来たのか……」

長次は苦笑した。

「どうかしたのかい」

旗本屋敷の中間頭が、長次の隣から格子窓を覗いた。

「黒崎勝之進《かつのしん》と配下の寺尾《てらお》と河本《かわもと》か……」

「役目はなんだい……」

「目付頭と配下だ」

「目付か……」

目付は、家中と家臣の監察・取締りが役目だ。

「ああ。いつも大きな顔をしやがって、何があったのか知らないが、いいざまだぜ」

中間頭は嘲笑した。

高遠藩は目付が大きな顔をしている……。

長次は、高遠藩江戸上屋敷に暗さと陰険さを感じた。

根岸の植木屋『植宗』は、若い植木職人たちが植木を剪定《せんてい》したり、運び出しをしていた。

平八郎は泥鰌鍋を食べた後、和馬と別れて根岸の里にやって来た。

植木屋『植宗』の隠居の宗平は、平八郎を迎えて村田周蔵のいる離れ家に向かった。

村田周蔵は濡縁に座り、微風に吹かれて若い植木職人たちの仕事を眺めていた。

「村田さま、矢吹さんがお見えになりましたよ」

「おお、これは矢吹どの……」

村田は、痩せ衰えた顔で平八郎に微笑んだ。

「お邪魔します」

平八郎は挨拶をした。

「どうぞ、お掛け下さい」

村田は、濡縁を示した。

「失礼します」

平八郎は、村田の傍に腰掛けた。村田から煎じ薬の匂いがした。

「茶でも淹れましょう」

宗平は離れ家にあがり、台所で湯を沸かし始めた。

「どうです。榎本和馬と親しくなれましたか」

「はい。それなりに……」

平八郎は笑った。

「ほう、そうですか」

村田は微笑んだ。

「で、どうですか……」

「榎本和馬、仰る通りに運の悪い人ですね」

「何かありましたか……」

村田は心配げな眼を向けた。

「借金の証文があくどい取立屋の手に渡ったり、高遠藩の目付どもに絡まれたり……」

「高遠藩の目付……」

村田は眉をひそめた。

「ええ。ですが、目付に絡まれたのを切っ掛けに高遠藩と縁を切るそうです」

「縁を切る……」

村田は微かに声を震わせた。

「ええ。榎本和馬の一番の運の悪さは、父親の仇を追わなければならなくなった事です」

平八郎は、村田に探る眼差しを向けた。

村田は、その眼に微かな狼狽《ろうばい》を過らせて慌てて逸らした。

村田周蔵は、榎本和馬が仇を追っているのを知っている。

やはり……。

平八郎は、己の睨みの通りだと気付いた。

「ご存知ですね」

「うむ……」

村田は、眼を逸らせたまま頷いた。

「十年前、榎本和馬は母親を謎の自害で亡くし、十日後に父親をやはり高遠藩士の田村源蔵なる者に斬り殺された……」

平八郎は、村田周蔵の死病に窶れた横顔を見つめた。

「そして、殿さまのお声掛かりで逐電した田村源蔵を追って仇討の旅に出た。十五歳の若者には辛く厳しく、運の悪さの始まりです」

村田は、威勢良く働いている若い植木職人たちを羨ましげに眺めていた。

「田村さん……」

平八郎は呼び掛けた。

村田は微かに反応した。

平八郎は、村田周蔵が田村源蔵だと確信した。

「お茶を淹れましたよ」

台所から茶を持って来た宗平が、村田を護るように座った。

「どうぞ……」

宗平は、平八郎に茶を差し出した。

「いただきます」

平八郎は、屈託なく茶を啜った。

「矢吹どの……」

「村田さま……」

宗平は、眉をひそめて遮った。

「宗平さん、矢吹どのはもう何もかもご存知のようだ」

村田は、痩せこけた頬を引き攣《っ》らせて笑った。

「ですが……」

「矢吹どの、ご推察の通り、私は榎本総兵衛を斬って高遠藩を逐電した田村源蔵。和馬が追っている父の仇です」

村田は、昔を思い出すように遠くを眺めた。

宗平は、小さな吐息を洩らした。

「その父の仇の貴方が、何故に討手である榎本和馬を心配するのですか」

「突然、十五の歳に二親を亡くし、仇討の旅に出る事になった。和馬の運の悪さは、私が与えたのです。私は、いつしか私を追う和馬の後を逆に追い、行く先々で運悪く酷い目に遭う和馬を密かに助けてやりました。そして五年前、和馬は江戸に住み着き、私も宗平さんに頼んで此処に……」

「あっしはその昔、木曾《きそ》に植木の買い付けに行きましてね。土地の悪党に金を奪われ、殺されそうになった時、田村さまにお助けいただいたのですよ」

以来、宗平は田村源蔵を命の恩人として遇して来ていた。

「ですが去年、私は胃の腑に質の悪い腫れ物が出来る死病に罹り、身動きが取れなくなって……」

「和馬を見守ってやれなくなり、私を雇いましたか」

「左様です……」

村田は頷いた。

「ですが、それならば何故、榎本和馬と尋常な立ち合いをしてやらなかったのですか」

「お分かりだと思うが、和馬の剣の腕ではとても、それに……」

次の瞬間、村田は激痛に襲われ、胃の腑を押さえて窶れた顔を苦しげに歪めた。

「田村さま……」

宗平が慌てた。

村田は、顔を激しく歪めて苦しげに呻き、その場に崩れた。

「矢吹さま、田村さまを蒲団に……」

「心得た」

平八郎は、激痛に身を縮める村田を抱きかかえて座敷に敷いてある蒲団に運んだ。

村田の身体は驚くほどに軽かった。

「誰か、玄庵《げんあん》先生を呼んで来てくれ」

宗平は、働いている若い植木職人たちに叫んだ。若い職人の一人が猛然と駆け出して行った。

平八郎は、村田を蒲団に寝かせた。

「大丈夫ですか、気を確かに持つんです」

「しっかりして下さい、田村さま……」

平八郎と宗平は村田を励ました。

村田は、苦しく呻いて必死に胃の腑の激痛に耐えた。頬のこけた顔は蒼白になり、額に脂汗が滲んだ。そして、村田は激痛に意識を失った。

「田村さま……」

宗平は吐息を洩らした。

平八郎には、問い質さなければならない事がまだあった。

何故、田村源蔵は〝村田周蔵〟などと良く似た偽名を使ったのか……。

 何故、田村源蔵は和馬の父親・榎本総兵衛と斬り合いになったのか……。

 だが、村田が意識を失った限り、問い質すのは無理だった。

風が吹き抜けた。

四

大川の流れは夕陽に染まった。

駒形町の老舗鰻屋『駒形鰻』は、蒲焼の匂いで満ち溢れていた。

「やはり、田村源蔵さんでしたか……」

伊佐吉は眉をひそめた。

「ええ。どうして村田周蔵なんて似通った偽名を使ったのか……」

平八郎は酒を啜った。

「平八郎さん、そいつは気が付いて欲しかったからじゃありませんかね」

伊佐吉は手酌で酒を飲んだ。

「気が付いて欲しかった……」

平八郎は戸惑った。

「ええ」

「じゃあ田村源蔵は、私が気が付いて榎本和馬に告げるのを望んでいるのかな」

平八郎は混乱した。

「死病を患い、あと一年の命と医者に告げられ、榎本和馬さんに討ち果たされるのを願ったのかもしれません」

「ならば偽名を使う必要はないと思うが」

「仰る通りでして、その辺が良く分からない」

伊佐吉は首を捻った。

「うん……」

平八郎と伊佐吉は酒を飲んだ。

迷い……。

平八郎は、田村源蔵に〝迷い〟を感じた。だが、その〝迷い〟の理由は分からなかった。

「それにしても、国許を逐電して十年。残された家族も辛い思いをして暮らしているんでしょうね」

「家族……」

平八郎は眉をひそめた。

「ええ……」

「田村源蔵の家族か……」

「あの歳です。女房子供がいて当たり前、いない方が不思議ですよ。それに田村源蔵さん、病に罹る前、馴染みの小料理屋で倅《せがれ》が一人いると話していたとか……」

「本当ですか……」

平八郎は驚いた。

「ええ。間違いありません」

伊佐吉は頷いた。

田村源蔵には倅が一人いた……。

それが本当なら、一人息子は高遠藩にいられるはずもなく、今は何処にいるのか……。

平八郎は、新たな事実に困惑せずにはいられなかった。

高遠藩江戸上屋敷から提灯の灯りが出て来た。

長次は、旗本屋敷の中間部屋の窓から提灯の持ち主が誰か見定めようとした。

提灯の持ち主は、目付の寺尾と河本だった。

何処に行く気だ……。

長次は気になり、中間部屋を出た。

目付の寺尾と河本は、提灯の灯りを揺らしながら足早に神田三河《みかわ》町に向かった。

長次は尾行した。

三河町に出た寺尾と河本は、鎌倉河岸から神田堀沿いの道を東に進んだ。そして、伝馬《てんま》町の牢屋敷の手前を南に折れた。

長次は追った。

このまま進むと小舟町であり、榎本和馬が暮らしている甚助長屋がある。

まさか……。

長次は緊張した。

寺尾と河本は、西堀留川に架かる中ノ橋を渡り、甚助長屋の前で提灯の火を吹き消して木戸を潜った。

行き先はやはり甚助長屋、榎本和馬の処なのだ……。

長次は、木戸口の暗がりに潜んで寺尾と河本を見守った。

寺尾と河本は、明かりの灯っている和馬の家に向かった。

長次は見守った。

寺尾と河本は、和馬の家の様子を窺った。

家に明かりが灯っている限り、榎本和馬は起きている。

寺尾と河本は、互いに目配せをして刀を抜いた。刀は月明かりに煌めいた。

拙《まず》い……。

長次は、木戸の暗がりに潜んだまま叫んだ。

「火事だ」

人は〝人殺し〟や〝泥棒〟と聞くと巻き込まれるのを恐れて身を潜める。だが、〝火事〟だと聞けば、類焼を恐れて飛び出して来る。

案の定、長屋の住人たちは飛び出して来た。

寺尾と河本は刀を鞘に納め、慌てて甚助長屋から逃げ出した。

おそらく高遠藩江戸上屋敷に戻るはずだ。

長次は、木戸の暗がりで見送った。

甚助長屋の住人たちは火事を探した。だが、火事が起きているはずもなく、住人たちの騒ぎは次第に治まった。住人たちの中には榎本和馬もいた。やがて、住人たちは家に戻り、榎本和馬も自宅に引き取った。

長次は、榎本和馬が家に入るのを見届けて木戸の暗がりから離れた。

「高遠藩の目付が……」

平八郎は、朝飯の茶漬けを食べる箸を止めた。

「ええ。榎本さんの家に忍び寄り、刀を抜いて……。殺す気なんですかね」

長次は、平八郎の淹れてくれた茶を飲んだ。

「おのれ……」

榎本和馬は、すでに仇討熱の冷めた殿さまにより高遠藩の名を汚す邪魔者とされている。その命を狙うのは藩命なのか、それとも目付の黒崎勝之進たちの企《くわだ》てなのか。いずれにしろ、榎本和馬は闇の彼方《かなた》に葬り去られようとしている。

そうはさせるか……。

平八郎は、茶漬けの残りを音を立てて掻き込んだ。

日本橋室《むろ》町の呉服問屋『井筒屋《いづつや》』は、高遠藩の御用達として藩の絹織物の扱いを許されていた。

伊佐吉は、高遠藩と『井筒屋』のそうした関わりを知って探りを入れた。そして、『井筒屋』の主が手代をお供にして高遠藩を訪れ、絹織物の仕入れをしているのを知った。

伊佐吉は、『井筒屋』の主のお供をして高遠藩に行っている手代の峰吉《みねきち》に聞いてみる事にした。

手代の峰吉は、仕立てあがった着物を木挽町のお得意先に届け、三十間堀沿いの道を日本橋室町に戻り始めた。

伊佐吉は、峰吉に十手を見せて茶店に誘った。峰吉は、戸惑いながらも伊佐吉に続いた。

「高遠藩の田村源蔵さまですか……」

峰吉は眉をひそめた。

「ええ。十年前に国許を逐電した方だが、聞いた事はあるかな」

「はい。田村さまは郡代さまご配下でございまして、手前どもは絹織物の仕入れの時、お世話になりました」

峰吉は、田村源蔵を知っていた。

「その田村さまのご子息、今はどうしているか知っていますか」

「田村さまのご子息……」

峰吉は戸惑いを浮かべた。

「ええ……」

「親分さん、田村さまは奥方さまを早くに亡くし、一人暮らしだと聞いておりますが」

「じゃご子息は……」

伊佐吉は眉をひそめた。

「ご子息はおろか、子供もいない天涯孤独の身だと聞いた覚えがあります」

「間違いありませんか……」

「ええ。ご本人から聞いた事ですので間違いないと思います」

田村源蔵には倅どころか子供はいない。だが、根岸にある馴染みの小料理屋では、倅が一人いると云っている。

田村源蔵は嘘偽りを云ったのか……。

云ったとしたなら、その必要があったのか……。

伊佐吉は思いを巡らせた。


お地蔵長屋はおかみさんたちの洗濯も終わり、静けさに包まれた。

平八郎は、和馬の暮らす小舟町の甚助長屋に行こうとしていた。

腰高障子に人影が映った。

「こちらは矢吹平八郎さまのお住まいにございますか」

「そうですが、何方《どなた》です」

平八郎は返事をした。

腰高障子を開け、『植宗』の半纏を着た若い職人が顔を覗かせた。

「矢吹さまで……」

「ああ。植宗の人か……」

「はい。うちの御隠居がこれを……」

若い植木職人は、手紙を差し出した。

「宗平さんの……」

平八郎は手紙を受け取り、その場で読んだ。

手紙には、田村源蔵の許に榎本和馬を連れて来て欲しいと書き記されていた。

平八郎は、手紙の文面の裏に潜む緊迫感を感じた。

「具合、あまり良くないのか……」

「はい」

若い植木職人は眉をひそめて頷いた。

「分かった。榎本和馬を連れて行くと御隠居に伝えてくれ」

「承知しました。じゃあ、出来るだけ早くお願いします。ご免なすって……」

若い植木職人は、お地蔵長屋を駆け去って行った。平八郎は、日本橋小舟町の甚助長屋に急いだ。

和馬は爪楊枝を削る手を止め、平八郎に怪訝な眼差しを向けた。

「根岸……」

「うん。一緒に来てくれ」

平八郎は和馬を急かせた。

根岸の植木屋『植宗』は静まり返っていた。

「平八郎さん、ここは……」

和馬は戸惑いを見せた。

平八郎は、構わず和馬を連れて離れ家に急いだ。離れ家から薬湯の臭いが漂って来た。

和馬は眉をひそめた。

離れ家の座敷には、田村源蔵が蒲団に寝ており、傍に宗平と医者の玄庵がいた。

「御隠居……」

「矢吹さま、どうぞ……」

「はい。和馬さん……」

平八郎は、和馬を促して座敷にあがった。

眼を瞑《つむ》っている田村源蔵の顔は、一段と窶れて死相が現れていた。

「そちらが……」

宗平は和馬を窺った。

「榎本和馬どのです」

平八郎は紹介した。和馬は、戸惑った面持ちで宗平に会釈をした。宗平は田村の耳元に囁いた。

「田村さま。矢吹さまが、榎本和馬さんをお連れ下さいましたよ」

「田村……」

和馬は僅かに緊張した。

田村源蔵は微かに眼をあけ、和馬を見つめた。平八郎と宗平は、田村と和馬を見守った。

和馬は、痩せこけた病人が父の仇の田村源蔵だと気付き、眼を瞠《みは》って喉を震わせた。

「榎本和馬どの……」

田村源蔵は、痩せこけた顔に笑みを浮かべて声を嗄らした。

「田村源蔵どのですか……」

和馬は喉を引き攣らせた。

田村は頷き、笑みを微かに広げた。

「左様、討ち果たすが良い……」

「それには及びません……」

和馬に躊躇いはなかった。

田村の痩せこけた顔は戸惑いに歪み、微かに浮かんでいた笑みが消えた。

宗平の喉が微かに鳴った。

「十年の間にいろいろありましてね。ま、田村どのも同じでしょうが……」

和馬は、父を斬り棄てた田村源蔵に憎しみや恨みを見せなかった。

「ならば高遠藩には……」

「帰参しません」

和馬は、屈託なく云い切った。

田村は、窶れた顔に戸惑いを滲ませた。

「所詮、殿にとって家臣の仇討は玩具のようなもの。私の仇討にはすでに飽きられ、今では煩《わずら》わしい邪魔な者に過ぎません。そんな藩に戻れるはずはなく、戻る気にもなりません」

和馬は、己の置かれた立場を良く知っていた。

田村は眼を瞑った。

「田村どの、武士の斬り合いは、それなりの理由と斬られる覚悟があっての事。父が武士である限り、無念であっても恨みを残したとは思いません。ですから私も、今はもう田村どのを憎んでも恨んでもおりません」

田村の瞑った眼から涙が零《こぼ》れた。

「田村どの、私にはいつの頃からか、福の神が憑《つ》いて何かと助けてくれました。その福の神が誰か、平八郎さんに連れて来られてようやく分かったような気がします」

和馬は、平八郎に微笑み掛けた。

平八郎は頷いた。

「田村どの、しっかり養生して病を治して下さい」

田村の痩せこけた頬に涙が伝った。

宗平は鼻水を啜った。

平八郎は、和馬の思慮の深さと潔さに感心した。

木々の緑を揺らす微風は、根岸の里を爽やかに吹き抜けた。

駿河台小川町の武家屋敷街は夕暮れに包まれた。

高遠藩江戸上屋敷から目付頭の黒崎勝之進が、寺尾や河本たち配下の目付を従えて現れ、三河町に向かった。

長次は尾行を開始した。

行き先は、榎本和馬の暮らす甚助長屋……。

長次は、黒崎たちの行き先を読んだ。黒崎は、寺尾や河本たちを率いて三河町から日本橋の通りを横切った。

読みの通りだ……。

黒崎たちは、西堀留川に架かる中ノ橋を渡った。そして、甚助長屋の近くに潜み、寺尾と河本を物見に走らせた。

長次は、黒崎たちの前を通って寺尾と河本を追った。

寺尾と河本は、甚助長屋の木戸に潜んだ。甚助長屋の家々には明かりが灯されていたが、榎本和馬の家だけが暗かった。

榎本和馬は出掛けている……。

寺尾と河本は、榎本和馬の家を慎重に窺い、留守を確かめて戻った。

長次は暗がりに潜み、黒崎たちの様子を見守った。黒崎たちは中ノ橋界隈の暗闇に散った。

和馬が帰って来るのを待ち伏せする……。

長次はそう読んだ。

平八郎によれば、和馬の剣の腕は大した事はない。黒崎たちの総攻撃を受ければ一溜りもないはずだ。

長次は焦り、平八郎と一緒に戻って来るのを願った。


半刻が過ぎた。

二つの人影が西堀留川沿いの道に現れた。

平八郎さんと和馬さんか……。

長次は二つの人影を見つめた。おそらく黒崎たちも眼を凝《こ》らし、二つの人影が誰か確かめようとしているはずだ。

二人の人影は、平八郎と和馬だった。

長次が見定めた時、黒崎たちが動いた。

殺気……。

平八郎は和馬を止め、行く手の暗がりを透かし見た。和馬は、怪訝に平八郎を見つめた。

平八郎は闇に眼を凝らした。

刀の煌めきが夜の闇に瞬いた。

「敵は五人」

叫び声が響いた。

長次さん……。

平八郎は、叫び声の主が高遠藩江戸上屋敷を見張る長次だと気付いた。

高遠藩の目付が、和馬の抹殺を狙って来た……。

平八郎は抜き打ちに構えて、夜の闇を見据えた。

寺尾と河本たち目付が、夜の闇を揺らして現れた。

「平八郎さん」

和馬は、刀の柄を握り締めて喉を震わせた。

「私に任せろ」

平八郎は、和馬を残して進み出た。

「邪魔立てするな」

寺尾は、怯えた声を引き攣らせた。

「私は和馬さんの福の神。そうは参らぬ」

平八郎は苦笑した。

「ならば容赦はせぬ」

寺尾と河本たち五人の目付は、平八郎に猛然と殺到した。平八郎は退かず、殺到する寺尾と河本たちに逆に踏み込んだ。寺尾と河本たちは、見切りの内に平然と踏み込んで来る平八郎に戸惑い、うろたえた。

刹那、平八郎は腰を僅かに捻り、刀を横薙ぎに閃かせた。先頭にいた寺尾が大きく仰け反り、胸元から血を振り撒いて倒れた。平八郎は、返す刀を真っ向に斬り下ろした。目付の一人が肩口を深々と斬られてその場に沈んだ。神道無念流の鮮やかで凄まじい刀捌《さば》きだった。

残るは三人……。

平八郎は、切っ先から血の滴る刀を脇に提《さ》げ、佇《たたず》む黒崎勝之進に向かった。左右から河本と目付が平八郎に斬り付けてきた。平八郎は、脇に提げた刀を無造作に斬り上げた。目付は脇腹から胸元を斬られて仰け反り、そのまま後退りをして西堀留川に転落した。

水飛沫が月明かりに煌めいた。

平八郎は黒崎に向かった。

黒崎は身構え、平八郎を睨み付けた。

平八郎は構わずに進んだ。

河本は、平八郎に背後から斬り掛かろうとした。刹那、平八郎は振り向いた。河本は恐怖に悲鳴をあげ、刀を放り出して身を翻《ひるがえ》した。

平八郎は逃げる河本を追わず、黒崎を見据えて進んだ。

刀の切っ先から血が滴り落ちた。

黒崎は刀を構えた。

平八郎は構わずに進んだ。そして、黒崎との間合いを崩し、見切りの内に踏み込んだ。

次の瞬間、黒崎は平八郎に鋭く斬り付けた。

同時に、平八郎の刀が光芒を放った。

平八郎は、黒崎と交錯して残心の構えを取った。

背後で和馬が心配げに見つめ、行く手の暗がりから長次が現れた。

黒崎の首の血脈から血が噴いた。

平八郎は、刀に拭いを掛けて鞘に納めた。

黒崎は、首から血を振り撒きながらゆっくりと倒れた。

土埃が微かに舞い上がった。


長次は平八郎と相談し、南町奉行所定町廻り同心高村源吾に事の次第を報せた。

高村は、黒崎たちの死体を南茅場町の大番屋に運ばせた。小舟町と南茅場町の大番屋は、日本橋川を挟んで眼と鼻の先だ。

黒崎たちの死体が公儀の大番屋に運ばれた限り、高遠藩は目付たちの死を闇に葬る事は出来なくなる。

高遠藩の留守居役たち家来が、黒崎たちの死体を引き取りに駆け付けて来た。

高村は、黒崎たち四人の死体の身許を尋ね、事の次第の説明を求めた。

「我ら大名家は町奉行所の支配にない」

高遠藩の留守居役は声を震わせた。

「我らは与力を通じて大目付さまの指図を受け、従っているまでです」

高村は平然と告げた。公儀大目付は諸大名家の監察が役目の一つだ。

「大目付さまの指示……」

高遠藩留守居役は、驚いて言葉を失った。

「左様。大目付牧野佐渡守《まきのさどのかみ》さま。どうあっても指図に従えないというなら、牧野さまにそうお伝えするしかあるまい」

高村は、留守居役に嘲りの一瞥を与えた。

留守居役に言葉はなかった。

下手に動けば高遠藩の一大事……。

高遠藩は榎本和馬の仇討を忘れ、黒崎勝之進たち目付の死の始末に忙しかった。

「江戸を出る……」

平八郎は眉をひそめた。

「うん。私が江戸にいると江戸屋敷の方々に何かと目障りだろう。何処か静かな処でのんびりと暮らすよ」

和馬は微笑み、猪口の酒を飲んだ。

「それがお互いのためかも知れぬな……」

平八郎は頷き、和馬の猪口に酒を満たした。そして、和馬は平八郎の猪口に酒を注いだ。

「世話になった……」

和馬は猪口を掲げた。

「達者でな……」

平八郎と和馬は、音を鳴らして猪口を合わせ、酒を飲み干した。

榎本和馬は旅立った。

高遠藩は、目付の黒崎勝之進たちの死に榎本和馬の仇討が絡んでいる事を伏せ、事態を始末した。

「それで平八郎さん、田村さんの倅だが……」

「何か分かりましたか……」

平八郎は、訪れた伊佐吉と長次の湯呑茶碗に酒を満たして差し出した。

「いただきます」

伊佐吉と長次は、湯呑茶碗の酒を飲んだ。そして、平八郎も酒を飲んだ。

「そいつが伝手を頼りに聞き廻ったのですが、何分にも田村源蔵さんは高遠の国許の家臣で十年も前の話で知っている人は少なく、確かな事は分からないのですが、田村さんには奥方も子供もいないはずだと……」

「ですが親分。田村さん自身が、馴染みの小料理屋で倅が一人いると仰ったんでしょう」

長次は眉をひそめた。

「ああ。だが、田村さん以外に倅の事を知っている者はいないんだな」

伊佐吉は、眉根を寄せて酒を飲んだ。

「そうですか……」

後は田村源蔵自身に訊くしかない……。

平八郎は決めた。

腰高障子に人影が映った。

「矢吹の旦那……」

聞き覚えのある声が、腰高障子の外から平八郎を呼んだ。

「開いているよ」

「ご免なすって……」

『植宗』の若い職人が、腰高障子を開けて入って来た。

「おう。どうした」

「へい。今朝方、田村源蔵さまがお亡くなりになりました」

「田村さんが……」

平八郎は息を飲んだ。

「はい……」

若い植木職人は哀しげに頷いた。

「そうか、亡くなられたか……」

「それで、これを……」

若い植木職人は、平八郎に一通の手紙を差し出した。

「田村さまが、矢吹の旦那に遺されたお手紙です」

「田村さんからの……」

平八郎は差出人を確かめた。

差出人は確かに田村源蔵だった。

「じゃあ、あっしはこれで……」

若い植木職人は返事は不要らしく、頭を下げて長屋の三和土から出て行った。

「平八郎さん……」

「うん……」

平八郎は、長次に促されて手紙を開き、黙読した。そして、読み終えて大きな溜息を洩らした。

「どうしました……」

伊佐吉は眉をひそめた。

「田村源蔵と榎本総兵衛が斬り合った理由が書き記されています」

「なんと……」

「田村源蔵には恋仲の女がいた。だが、恋仲の女は、親の決めた榎本総兵衛に嫁いだ。そして、生まれた子供が和馬だった……」

榎本総兵衛は、和馬が成長するのに従って己に似ていないのに疑惑を抱き、妻を厳しく問い質して責めた。そして、妻は何も云わずに自害した。

和馬は自分の子ではない……。

榎本は、妻の過去を調べて田村源蔵に辿り着き、果たし合いを申し込んだ。それ以後の事は知っての通りだ。

榎本和馬は、田村源蔵の只一人の子供、倅だった。

「一人いる倅ってのは、和馬さんでしたか」

伊佐吉は呆然とした。

「実の父親を倅が仇として追ったなんて、酷い話ですぜ」

長次は、哀しげに湯呑茶碗の酒を呷った。

仇として追われている田村は、討手として追って来る和馬が哀れになった。

「ええ……」

運の悪い子だ……。

だが、そうした哀れな運命に追い込んだのは、自分なのだ……。

田村は己を責めた。そして、討ち果たされる覚悟を決めた。だが万が一、真実が知れた時、どうなるのか……。

和馬は、実の父親を手に掛けた罪の重さに苛《さいな》まれるに決まっている。

田村は、運の悪い和馬の〝福の神〟になる事に決めた。そして、田村源蔵は自分を捜し歩く和馬を追って道中を続けた。

田村の手紙の最後は、和馬への詫びと悔恨と己への嫌悪に満ち溢れていた。

「平八郎さん、この事、和馬さんに報せるんですか……」

伊佐吉は戸惑いを滲ませていた。

「いいえ。報せません」

和馬は、知る者もいない新たな地で穏やかに暮らせればいい。あえて苦しめる必要はないのだ。平八郎はそう決めた。

「そうですね。そいつが良いでしょう」

長次が頷いた。

「よし、じゃあ花やにでも行きますか……」

平八郎は、湯呑茶碗の酒を飲み干した。

お地蔵長屋は夕陽に包まれ、木戸の古い地蔵は頭を眩しく輝かせていた。

一〇〇字書評

破れ傘

切り取り線

購買動機（新聞、雑誌名を記入するか、あるいは○をつけてください）

□（　　　　　　　　　　　　　　　　　　）の広告を見て
□（　　　　　　　　　　　　　　　　　　）の書評を見て
□ 知人のすすめで　　　　　　□ タイトルに惹かれて
□ カバーが良かったから　　　□ 内容が面白そうだから
□ 好きな作家だから　　　　　□ 好きな分野の本だから

・最近、最も感銘を受けた作品名をお書き下さい

・あなたのお好きな作家名をお書き下さい

・その他、ご要望がありましたらお書き下さい

住所	〒				
氏名		職業		年齢	
Eメール	※携帯には配信できません		新刊情報等のメール配信を 希望する・しない		

この本の感想を、編集部までお寄せいただけたらありがたく存じます。今後の企画の参考にさせていただきます。Eメールでも結構です。

いただいた「一〇〇字書評」は、新聞・雑誌等に紹介させていただくことがあります。その場合はお礼として特製図書カードを差し上げます。

前ページの原稿用紙に書評をお書きの上、切り取り、左記までお送り下さい。宛先の住所は不要です。

なお、ご記入いただいたお名前、ご住所等は、書評紹介の事前了解、謝礼のお届けのためだけに利用し、そのほかの目的のために利用することはありません。

〒一〇一‐八七〇一
祥伝社文庫編集長 坂口芳和
電話 〇三（三二六五）二〇八〇

祥伝社ホームページの「ブックレビュー」からも、書き込めます。
http://www.shodensha.co.jp/bookreview/

祥伝社文庫

破《やぶ》れ傘《がさ》 素浪人《すろうにん》稼業《かぎょう》

平成22年7月25日 初版第1刷発行
平成27年7月25日 第2刷発行

著者 藤《ふじ》井《い》邦夫《くにお》

発行者 竹内和芳

発行所 祥伝社《しょうでんしゃ》
東京都千代田区神田神保町3-3
〒101-8701
電話 03（3265）2081（販売部）
電話 03（3265）2080（編集部）
電話 03（3265）3622（業務部）
http://www.shodensha.co.jp/

印刷所 萩原印刷
製本所 ナショナル製本

Printed in Japan ©2010, Kunio Fujii ISBN978-4-396-33602-8 C0193

祥伝社文庫の好評既刊

藤井邦夫

死に神

素浪人稼業⑦

死に神に取り憑《つ》かれた若旦那を守って欲しい!? 突拍子もない依頼に平八郎は……。心温まる人情時代!

藤井邦夫

銭十文

素浪人稼業⑧

強き剣、篤《あつ》き情、しかし文無し。されど幼き少女の健気な依頼、請けずにいらいでか! 平八郎の男気が映える!

藤井邦夫

迷い神

素浪人稼業⑨

悪だくみを聞いた女中を匿《かくま》い、知らぬ間に男を魅了する女を護《まも》る。どこか憎めぬお節介、平八郎の胸がすく人助け!

藤井邦夫

岡惚れ

素浪人稼業⑩

惚れっぽい若旦那が恋敵に襲われた? きらりと光る、心意気。矢吹平八郎、萬稼業の人助け!

藤井邦夫

にわか芝居

素浪人稼業⑪

父が倒れた武家娘からの唐突な願い。家督を狙う叔父の魔の手を撥《は》ね除《の》けるため、平八郎が立ち向かう!

藤井邦夫

開帳師

素浪人稼業⑫

真光院御開帳の万揉め事始末役を任された平八郎。金の匂いを嗅ぎ付け集う悪党を前に、男気の剣が一閃する!

祥伝社文庫の好評既刊

藤原緋沙子

恋椿 橋廻り同心・平七郎控①

橋上に芽生える愛、終わる命……江戸の橋を預かる橋廻り同心・平七郎と瓦版屋女主人・おこうの人情味溢れる江戸橋づくし物語。

藤原緋沙子

火の華《はな》 橋廻り同心・平七郎控②

橋上に情けあり――橋廻り同心・平七郎が、剣と人情をもって悪を裁くさまを、繊細な筆致で描く。

藤原緋沙子

雪舞い 橋廻り同心・平七郎控③

雲母《きらず》橋・千鳥《ちどり》橋・思案《しあん》橋・今戸《いまど》橋――橋廻り同心・平七郎の人情裁きが冴えわたる。

藤原緋沙子

夕立《ゆだ》ち 橋廻り同心・平七郎控④

新大橋、赤羽橋、今川橋、水車橋――悲喜こもごもの人生模様が交差する、江戸の橋を預かる平七郎の人情裁き。

藤原緋沙子

冬萌え 橋廻り同心・平七郎控⑤

泥棒捕縛に手柄の娘の秘密。高利貸しの優しい顔。渡りゆく男、佇む女――昨日と明日を結ぶ夢の橋。

藤原緋沙子

夢の浮き橋 橋廻り同心・平七郎控⑥

永代橋の崩落で両親を失い、深い傷を負ったお幸を癒《いや》した与七《よしち》に盗賊の疑いが――!! 平七郎が心を鬼にする!